16	3	2	13
5	10	11	8
9	6	7	12
4	15	14	1

MARCELO MIRISOLA

O HERÓI DEVOLVIDO

editora■34

EDITORA 34

Editora 34 Ltda.
Rua Hungria, 592 Jardim Europa CEP 01455-000
São Paulo - SP Brasil Tel/Fax (11) 816-6777 www.editora34.com.br

Copyright © Editora 34 Ltda., 2000
O herói devolvido © Marcelo Mirisola, 2000

A FOTOCÓPIA DE QUALQUER FOLHA DESTE LIVRO É ILEGAL, E CONFIGURA UMA
APROPRIAÇÃO INDEVIDA DOS DIREITOS INTELECTUAIS E PATRIMONIAIS DO AUTOR.

Capa, projeto gráfico e editoração eletrônica:
Bracher & Malta Produção Gráfica

Revisão:
Alexandre Barbosa de Souza

1ª Edição - 2000 (1ª Reimpressão - 2006)

Catalogação na Fonte do Departamento Nacional do Livro
(Fundação Biblioteca Nacional, RJ, Brasil)

    Mirisola, Marcelo
M675h   O herói devolvido / Marcelo Mirisola —
    São Paulo: Ed. 34, 2000.
    192 p.

    ISBN 85-7326-172-2

      1. Ficção brasileira. I. Título.

                                CDD - B869.3

O Herói Devolvido

I
mulheres

À Guisa de Orquídeas	13
Ivete... et Fructum	19
(relato de um amor perdido)	25
Eva é Nome de Buceta	29
Bié	35
Joana e as Gôndolas	39

II
A Praça do Ovo

A Praça do Ovo	45

III
para Darinka

A Casa de Rosario	53
Buenos Aires Até o Fim	63

IV
para ler no shopping

Os Noivos	75
Três Casos Ordinários	87
Basta um Verniz para Ser Feliz	97
A Faca e o Garfo e o Prato Vazio	103

V
florianópolis (e paisagens?)

Sol, Churros e Crianças Felizes	109
Guia Sentimental da Ilha	113
Cleópatra Vende Pão de Queijo	119

VI
outras mulheres

Pepê, um Cara Legal	127
Anelise (ou Araribóia, O Herói Devolvido)	133
A História de Mônica Flaksbaum	137
Elvira!	139
Margô	143
Hildegard	147
Marisete (ou A Paz dos Aquários)	151
A Garota do Blue Bar	157
Ai, Dona Thaís. Ai, Ai.	161
Rosaneide (ou Amor de Puta)	165

VII
Ceasa

Ceasa 171

VIII
O Nome Disso

O Nome Disso 177

IX
Shepardianas

Shepardianas 185

X
Uma Dança. A Dança da Chuva.

Uma Dança. A Dança da Chuva. 189

O HERÓI DEVOLVIDO

pro rafael...
lá no céu

Hermes:
— A Helena é esse crânio aí.
Menipo:
— Então, foi por essa coisa que se equiparam mil navios, vindos de todas as regiões da Hélade? Foi por ela que sucumbiram tantos gregos e bárbaros, e que tantas cidades foram devastadas?

Luciano de Samósata
Diálogos dos Mortos

I

mulheres

À GUISA DE ORQUÍDEAS

para Maria Rita

Cadê minha putinha? O jeito dela de dona-de-casa "o que é que você vai inventar hoje?" — minhas havaianas particulares, a gente se lambia. Eu pagava, ela fazia negócios pelo telefone, tratava de sexo anal e da comissão do seu gigolô, mentia pra mim. A gillete enferrujada na saboneteira. Ou a felicidade das gônadas. À guisa de orquídeas, sempre.

A gente fodia legal. A garotinha do porta-retratos olhava pros meus testículos rosados. Eu necessariamente enganado, faceiro e de saco vazio, sem compromisso. Era mais fácil. Uma ou duas semanas depois e a felicidade custava a mesma coisa. Não tem essa de chupar paus por tabela, não é disso que estou falando. A geladeira tremia na hora certa. Eu quero dizer que me sentia limpo pagando minhas fodas. "Que pauzão duro, pangaré!" — e gratificado. Agora, não sei. O telefone foi cancelado, ela mudou de endereço, levou a garotinha do porta-retratos consigo e aproveitou para mandar o porteiro do prédio tomar no cu.

— Alguma tragédia deve ter acontecido.

Ela nunca precisou do meu dinheiro apaixonado. Uma vez a convidei para passar um final-de-semana na praia. Ela disse que ia sim. E disse que a diária custava 50 reais (mais o jantar e o táxi de volta). Acontece que, ao invés de investir na minha putinha, comprei um terreno no cemitério e quitei o semestre inteiro do curso de inglês. More than all, I'm an asshole. Eu falo de orquídeas e de sexo comprado. Onde está minha putinha?

Ninguém sabe. O vizinho do 801 não sabe — o porteiro sacana, nem fudendo — tampouco o síndico, não tem sequer um filho da puta que saiba me dizer onde foi que se enfiou "a mina meio que dentuça do 803, bunda modelo tanajura", ela sumiu. Eu não sei o que fazer. Ela nunca foi massagista.

O negócio dela era foder. O meu negócio era pagar. No intervalo entre uma foda e a trepada seguinte, eu me sustentava de hambúrgueres felizes e das reminiscências da sacanagem anterior. E projetava, em meio a orquídeas e malabares, a próxima vez — tocava punhetas no crediário. Isto é, punhetas americanas, à perfeição. Ela usava gillete e creme de barbear... e se depilava na minha frente. Eu, "o pangaré", discorria sobre as flores do mal e os labirintos do coração... Aí ela caprichava na chupeta.

A gente também usava Chantilly. Um cinzeiro sujo esquecido em cima do braço quebrado do sofá-cama. Eu adorava o assunto "cutículas". Quando ela pintava as unhas dos pés — cigarros free e esmalte — e pedia "o alicate de cutículas, alcança pra mim?". Eu sempre escolhi esmalte vermelho. Ela tinha a vantagem de uma leve corcunda, falava um português desgraçado e irrelevante, eu lambia cada ossinho da espinha dorsal, às vezes dava vontade de esmagar as costelas com as mãos, descia e subia a 'escada das vértebras' com a língua e os dentes também, ossinho por ossinho (fumaça de cigarro e esmalte, outra vez). Não obstante, a nuca. Quanto à bunda, eu posso dizer que denotava exagerado profissionalismo e uma desconfortável melancolia pornográfica, lá embaixo, a partir do "cóccix" — o ossinho mais tesudo. Ai, ai.

Isso tudo sem falar nas flores. Ou melhor, para não falar em flores.

Escafedeu-se. Fui procurar nos classificados de putaria e ela não estava. Nem Liane ou Evelyn, tampouco Samyra publicada às quintas-feiras. Nenhuma Giovanna trepou feito Marisete, de Xanxerê. O lábio dela vivia rachado. Eu tinha a mania de passar a língua. Um dia ela me mostrou a identidade.

Uma garota dentuça. O pai cachaceiro. A mãe trabalhava de empacotadora num varejão de lingerie. Uma irmã no puteiro de Ivaiporã-PR. Um irmão assassinado. Outra irmã morava em Rondônia. Ela era doméstica e ficou prenha da garotinha do porta-retratos. Então começou a fazer programas. Alugou um telefone e a kitchenette. Um diploma de esteticista. E um tal de Wanderley querendo vestir-se de barbie, comer cocô. Marisete Orsini da Silva, 28 anos, natural de Xanxerê-SC, filha de Joel Orsini da Silva e Maria da Graça Orsini da Silva. Virou Liane. Ou Evelyn, do disque-putas. Mas como é que eu sabia disso tudo?

"O penteado Xororó." A identidade era de 1988 (meu pau mole caído pro lado esquerdo). Se fosse pela foto... eu não comia.

Quando ela, divertida, levantou meu cacete com o pegador de gelo e o lançou para o lado direito: "Que felicidade é essa, pangaré?".

A gente tava começando a beijar. Ela vendia "Natura" pra equilibrar as contas, ensejava gel-fixadores e algas marinhas, abria as pernas e, feito um réptil, me oferecia o cu (que nunca teve nome... intrigante essa coisa do "cu sem nome").

— Ora, Pimpinella! A felicidade das gônadas!

Outra foda. Aí ela foi fazer xixi. Na volta fiz questão de rebatizá-la "minha Pimpinella Escarlate", em homenagem a Marcos Rey.

— Tá de sacanagem, amor?

Ou ex-lagartixa. Uma imagem de Santo Expedito sobre a penteadeira... era mais fácil, delicado e cinematográfico.

Eu tive ímpetos de sustentá-la! Ela mentia pra mim. Eu desejei bancar aluguel, criança na escola, almoço no "por quilo" e o filho de uma puta do zelador ameaçando contar tudo pro síndico. Então pedi pra ela: "vamos fazer um papai-e-mamãe?". Ela aceitou, "mas sem apaixonar, pangaré!".

Foi nossa melhor trepada. Em seguida, ela me disse que preferia "ficar de quatro" (grande mentirosa, eu estava apaixonado). Eu disse que sim. Que meu negócio era mesmo fazer o bandidão, sodomizá-la. Ou "comer o cu das minas, entende?". Aí ela cobrou uma taxa extra. Que absolutamente não tinha nada a ver com o "cu sem nome". Todavia, suponho, não lhe fazia a menor diferença saber por quem efetivamente era *enrabada*. Quase sempre eu me corrigia por causa disso e implementava, em detrimento do profissionalismo daquele rabo, maior violência e corrupção às minhas estocadas, sobretudo corrupção — embora continuasse acreditando vertiginosamente nas mentiras dela.

Deus! Oh, meu Deus! Eu só queria ficar longe daquela bunda! Ou, se possível, esconder o homem que chorava porque não via sua mulher, de quatro apesar das reboladas e do vaivém sincronizado, ou de qualquer outro jeito. Cadê minha putinha?

Ela odiava futebol. Eu fazia questão de fodê-la sem camisinha.

Era um sexo tesudo. Antes do sumiço vislumbrei uma tarde no Jardim Botânico. Sanduíches de queijo e presunto. Suco de uva. Isopor e mosquitos. Tomaríamos sol e espremeríamos espinhas. Um pic-nic clássico, com direito a picuinhas e a "ficar de mal" no final da tarde.

Ela comprou um robe pra mim. Eu não impus devidamente meus ciúmes quando ela precisou da minha ajuda. Uma sujeita estava ameaçando Marisete. A tipa (outra puta, é o que me recordo) fora traída pela Pimpinella que lhe roubara "um cliente". Foi isso. Marisete acabou gostando do cara, ele era casado e a outra puta contou a sacanagem pra mulher dele etc. etc.

Não tive saco para ouvir o resto da história. Fiquei mortalmente contrariado e fudido de inveja. "O cliente." Ou o sacana pelo qual Marisete havia se apaixonado... um gosto abominável de pau por tabela engolido e misturado com bílis, traição à Lindomar Castilho. Eu não era cafetão. Eu nunca tive talento pressas coisas, nem gigolô — apenas um apaixonado. O maior problema eram as confissões: ela gostava do cara, eu não podia aceitar. Tampouco tive competência para ser confidente de puta. Uma diaba de mistura de porra alheia com idealização pornô e caseira de felicidade. Esperma, em suma, tem gosto de Q-boa. Sei lá. Uma atmosfera de perfídia e pentelhos estranhos grudados no brasão do *meu robe*:

— E daí, Pimpinella?
— Meu nome é Liane.
— Para mim ele é rufião!
— Eu gosto dele! Não tem essa de rufião... tá viajando?

Ela me acusou de ser parecido com o Raul Gil. E disse que eu chupava paus por tabela. Apliquei-lhe o devido corretivo, dei-lhe umas bofetadas e broxei no sofá-cama... maldito gosto de Q-boa. As putas de hoje não tem classe. A verdade é que Marcos Rey faz falta. Também sinto falta do romantismo do sorvete de pistache. Odeio essa modalidade de putaria praticada por atrizes-modelos-e-cantoras.

A exceção é Monique Evans. Antes de ela ter tatuado um nematóide na virilha. Toquei grandes punhetas pra Monique em 1981. Cadê minha putinha?

Eu era feliz. Ela me dava o cu (o cu não tinha nome!) — fazíamos supermercado, cotejávamos preços e uma vez, na fila do açougue, ela disse que havia preparado "uma surpresinha" para mim. Alguma tragédia evidentemente aconteceu.

À guisa de orquídeas.

As orquídeas são ululantes. As orquídeas... merda, são inevitáveis. E o meu amor, afinal? O que é isso?

IVETE... ET FRUCTUM

Tampouco em bombeiros acredito. Vivo uma danação moral e cívica. Dá uma nostalgia fodida. É uma bosta não ter um amorzinho-erasmo-dias.

Quero um desatino!

Dignidade no começo era coisa para macho, pai de família. Hoje é movimento arco-íris, veadagem engajada, insight (toda bichinha um dia vai ter um...) etc. etc. Perdi o talento. W.O./Brasil é um nazista chupador de pirocas.

Ganhei alguma coisa. É chato. Quase uma comenda da T.F.P. Acho que é compaixão. Indiferença que não é. Dá fome.

Jogo de cena. Cacete! Não mudou nada? Pois vou embaralhar as cartas. Vou ser crupiê desses calhordas.

— Só lhes peço (senhores...) que não façam comparações, isto pode me destruir.

O diabo inventou a comida por quilo.

Isto ou alguma coisa "alcançada" assume proporções conservadoras, gigantescas: o que é um depósito cheinho de merda. Tem outras coisas.

A palavra "arrazoar" me dá calafrios. Só as minhocas podem arrazoar. Eu desejo que as minhocas e suas idiossincrasias, manoel de barros e o chão (o sapo cururu...) e os estados do Mato Grosso e Mato Grosso do Sul. Incluindo o Pantanal, eu desejo que se fodam. Mas não é só isso.

Para entender o que é basta estalar um "T" de ponta de língua no começo do céu da boca e substituir o "E" pelo "I". Assim: "Ivete", e depois "Iveti".

Bem. Não espero mais nada dos calhordas.

Não posso falar em decepção. Mas, para eles (os calhordas), sem dúvida, foi uma grande decepção. Eu lamento, sinceramente.

Um golpe sórdido. Eu lá, meio santo, meio canalhão, infiltrado, comendo churrasco e falando de mulheres. Eu, Pimpão, o canalhão.

"Infiltrado", foi o termo que usaram. Vermes, arrivistas, babacas. Infiltrado, sim.

Eis o endereço da Ivete. Rua 3122, nº 411, B.C. O telefone é 998-5397 (tio Fernando). Não trepamos ontem de tarde. Mas sou agradecido (é um defeito que tenho...). Obrigado, querida.

Me pareceu, enfim (ontem de tarde foi assim...) que teve o Dedo de Deus para consertar as coisas. Estou feliz. Acho que é sacanagem dar o telefone da Ivete.

Então vou contar. Foi um quebra-pau dos diabos. Dei-lhe umas porradas reparadoras, transcendentais. Ela mereceu. Ela não merecia.

Eu comia pipocas. Ivete maquinou uma história-de-camisinha-atrás-da-cama. Ela sempre foi burra. Agora, enlouqueceu. E, francamente, não tenho paciência para este tipo de coisa. Senão, vejamos.

Eu nunca usei camisinha. Se o fizesse (o problema é que minha mulher é uma preá) jamais incorreria na imprudência de deixar uma "pista" atrás da cama, como queria Ivete. Isso tudo me faz lembrar de "Gamboa Boschetti, chefe de polícia" cuja inflexão ou cuja reverberação *do nome em si* é um achado literário que vale a biografia de Mempo Giardinelli (Mempo... meu filho vai se chamar Mempo. A garota, se for lésbica, vou apelidá-la de Gamboa Boschetti), mas, como eu ia dizendo, o personagem G. Boschetti, catso!, é tão óbvio ou mais óbvio do que "a camisinha-atrás-da-cama", das deduções da Ivete. A pergunta é: que diabos fazia aquela camisinha "atrás-da-nossa-cama"? Se eu NÃO USAVA *camisinha* quando levei aquela vagabunda-pra-nossa-cama?

Então me detive (detetive) no exame do "objeto". Meia Calabresa. Meia Mussarela.

— Camisinha usada é ressaca de caralho esclarecido — filosofei.

Ela teve um chilique:

— Nojento (outro chilique).

Só porque não fodemos naquela tarde.

Ivete colecionava revistas femininas.

Sacanagem e Baixaria. A revista *Carícia* tem uma seção para "Esquentar Relacionamentos" (tenho birra desta palavra "Relacionamento"). Item número 4:

4. trepar de tarde com o maridão pensando noutro cara, pode pensar no seu cunhado, no karatê-kid ou no próprio Luís Fernando Verissimo (que é a Ofélia Anunciato dos escritores brasileiros). Um alerta: L.F.V. usa pseudônimos.

Ivete não perdia um programa da Silvia Poppovic.

Eu achei melhor não fodê-la naquela tarde. Casamos, comprei "nossa cama", tivemos um filho, uma filha, li toda aquela bobageira de realismo fantástico latino-americano, o boom!, García Marquez, etc., novelas da globo, etc. e tal e não fodemos naquela tarde. Ela teve vários chiliques.

Aí chegou minha vez de ter chiliques. A começar por "nossa cama" que verdadeiramente é puta que pariu! Depois "nossos filhos", idem. E, finalmente, "aquela camisinha (?)", idem, idem.

Eu já disse que não! Que não acredito mais nisso e naquilo. Que sempre fui calhorda e tal, mas Ivete, ela, quis dar uma foda diferente, "mudar", "variar", "esquentar o relacionamento", ela, a estúpida, não entendia, não entendeu, não me entende. Culpa do Luís Fernando: Ivete tem chiliques. O último que teve foi quando meti dois tiros na televisão, bang, bang.

Ao contrário dos outros, este último foi uma delícia. Adorei ela ter me chamado de "demente". Adorei ela ter me acusado (com tanta propriedade, coitada...) de ter "ultrapassado os limites".

Ah, Ivete. Ela não sabe o que é "diversão". Só porque fiz uma coisa sensata. Só porque matei Silvia Poppovic. Jamais passou pela minha cabeça atirar na minha cabeça, atirar nas crianças. Eu não entendo. Por que Ivete tem chiliques?

Outra coisa. Que diabos fazia aquela televisão no meu quarto?

Bang, bang. Fiz justiça, só isso. A gorda, cara-de-pau, vendia chazinho para emagrecer... Bang-bang nela.

Aí Ivete foi embora. Aí ela voltou. Aí ela foi embora outra vez. Eu fiquei lá, desta última vez, em cima da "nossa cama" peladão, orgulhoso de ter matado Silvia Poppovic, punhetando, repetindo para mim mesmo "Ivete", "Iveti", num estalar de "T" de ponta de língua no começo do céu da boca, substituindo o "E" pelo "I". Bang, bang.

Alhures. Quentin Tarantino é um panaca. O que salva "Tempo de Violência" é Uma Thurman, ela se redime do fiasco de ter encarnado a amiga de June em "Henry e June". Não é pela atriz, claro que não. Mas pela escrotice da figura de Vanya ou Jean ou Stasia ou Thelma. Ou Uma teria encarnado June? Sei lá. A associação é que me deixa fodido. "Pulp" é de 1994. A performance de Chuck Berry "you never can tell" também é ducacete.

Tava lá pensando em "Pulp Fiction" e meio que de graça lembrei perfeitamente como é que aquela camisinha da puta que pariu foi parar "atrás-da-nossa-cama". Meu caro Chuck, sua balada só não é *a melhor* porque "girl, you'll be a woman soon" é a música do filme, e ponto final? Acho que não.

Um dado. Padre Vieira nos E.U.A.

Acontece que Tarantino não sabia das jogadas do velho dissimulado. Se soubesse das putarias nos arrabaldes de Monterrey, o velho, no mínimo, ganharia uma chupada de Uma. Furioso e santificado (daí vem a dissimulação) vaticinaria alguma coisa-assim: "et fructum afferunt in patientia"[1]. Azar de Vieira. Azar de Tarantino. Ou, "foda-se, Ivete", traduzindo livremente do barroco para o barraco.

Agora meu bem, é tarde.

Vou sentir saudades. Mas foda-se Ivete. Ela e o jeito dela me foder. Sexo oral (prefiro falar em "chupeta") era especialidade da Ivete. Eu reconheço. Só ela sabia chupar minha pica com jeitão de dona de casa, a fdp conseguia engolir tudo e ao mesmo tempo olhava nos meus olhos e cobrava (tacitamente, de outro jeito não dava) viagens a Disney, aulas de expressão corporal, cursos de origami, florais de bach e do diabo a quatro; e o pior, me lembrava da mãe dela, velha anfíbia, do condomínio, das contas de água e luz, eu lhe suplicava "par délicatesse!", e ela exigia o couro da minha piça/alma, fodas vespertinas, pastéis de Santa Clara, TV a cabo... e o escambau. Aí eu tinha que explicar:

— Você não é puta, minha querida. É o seu jeito de dona de casa, de quem faz orçamentos...

---

[1] Ver Padre Antônio Vieira, "Sermão da Sexagésima", em *Sermões, Problemas sociais e políticos do Brasil*. SP: Cultrix, pp. 48-9.

Ivete feito uma égua. Ivete, mãe dos meus filhos. Ivete, et fructum.

Já foi tarde. Tchau, Ivete.

Não, absolutamente. Nunca fiz uso de preservativos.

Eu ficava lá, comendo minhas pipocas. Ela se ocupava do lar e do meu caralho. Ela e o meu caralho, dois entes queridos, atuavam como num velório pornô, e eu na platéia, comendo pipocas. Às vezes era constrangedor. Sei lá, Ivete e o meu caralho. Os dois. Uma combinação sonolenta igualzinha às receitas/armações da Ofélia Anunciato. Ou seria Luís Fernando Verissimo?

Televisão no quarto é uma merda. Vídeo. Pipocas. Ivete. Revistas. Algodão. Acetona. Ela acreditava nas fofocas, no horóscopo, no meu caralho:

— Revoltado, — (seria uma acusação ou um xingamento?).

O que eu podia fazer? Bem, eu retribuía com ereções. E fazia ameaças, no melhor estilo bang-bang.

(relato de um amor perdido)

1. Ocupou todas as divisões da minha cama. Eu sempre estabeleci dois travesseiros, o lençol a ser usado e as divisões da minha cama (e aqui não vai nenhuma neurastenia). São hábitos quase onomatopaicos de um tipinho solitário.
2. Teve liberdade para peidar.
3. Gostou de mim.

Mau-hálito de bacardi até que é legal. Eu também gostei dela. Achei divertido quando ela me pediu "um tempo" e disse que era por causa de "um pentelho, tem um pentelho na minha boca". Achei divertido e elegante.

Então ela saiu de cima de mim e teve a delicadeza de cuspi-lo com negligência. Um passarinho depois da chuva. Uma quase bruxaria. Um gesto incorruptível, extremamente feminino e generoso. Como se lá embaixo eu, um deserto de veias azuladas, e lá em cima ela, uma hidra mitológica, pudéssemos ter, a despeito do encantamento, maior ocupação — o que é diferente de cesta básica e/ou a escola das crianças — e importância (idem, idem) um na vida do outro. Ela me garantiu, pelo tipo de foda que desempenhávamos, que eu era um cavalo de fogo no horóscopo chinês e, em sendo assim, num misto de resignação, aveia e alfafa, achei conveniente mudar de posição e implementar novas, mais velozes e cavalares estocadas contra sua bunda. Ela sabia usar o vocabulário do sexo. Eu soube decifrá-lo. De antemão compreendi a mulher errada, e não foi difícil para mim — foi constrangedor, isto sim (quando ela me chamou de "meu amor, meu pangaré tesudinho") — identificar a impostura e a pornografia que existiam nesta mulher, na mesma mulher, em todas as outras que, mal e porcamente idealizadas, sempre estiveram (tanto sexual como espiritualmente) na horizontal das minhas extravagâncias; e mais, ela não estava interessada apenas no meu sexo, ela queria muito mais, ela queria arrastar minha boa educação para junto de sua felicidade sertaneja. Bem, capitulei...

Depois ela retomou a foda aranha, que é uma modalidade mais sofisticada do que o "enjambement" e cujo êxito demanda uma vagina quase que carnívora, ginástica científica e muita, muita quilometragem da mulher. Até aí não cogitávamos na ejaculação.

O ventre.

Ela me falou de uma cirurgia complicada. Eu não quis saber dos detalhes. Ocorreu-me sopa Miojo. Também pensei em "encíclicas papais" enquanto ela pegava no sono. Virou a bunda para cima. Foi a noite do testemunho das famílias no Maracanã. Algumas coisas me incomodavam. O dinheiro que tive que gastar com ela. A minha beatitude. Que sempre fui um reacionário. Uma interferência abominável do inconsciente. Um medo fodido de morrer. As mesmas coisas de sempre me incomodavam.

O dia que estava nascendo só fez agravar ainda mais as mesquinharias. Quando uma criança pede esmolas. Depois tem o sol forte. Consegui dar mais uma foda à la carte. Ela me falou de umas arvorezinhas japonesas. Eu falei em "atrofia" e ela não gostou. Aí eu disse que simpatizava com "bonsai" (a palavra é legal) e ficou tudo bem.

Ela me fez uma massagem de merda. Ela usou minha toalha de rosto para limpar a xoxota. Ela transbordava de intuições.

Eu achei melhor despachá-la... antes de o sol forte e de outras cenas domésticas muito mais constrangedoras...

Já eram nove horas da manhã e ela quis "passar um cafezinho" (ela estava pelada — e mesmo assim "passou" o maldito cafezinho). Nos despedimos e evitamos o beijo. O que foi melhor para nós dois. Então voltei a dormir e acordei às cinco horas da tarde. De noite fiz umas pipocas e quis acabar com a minha vida.

EVA É NOME DE BUCETA

para Charles Bukowski

Veio uma ternura antes da tesão.

A companhia de Eva. Que Droga! (um amontoado de desfazimentos, como se melancolia fosse apenas um quartinho pré-aquecido — e afinidade, coisa perigosa):

— Ih! — contei e recontei o dinheiro, faltavam dez reais. O dinheiro trocadinho. Eva uma debilóide. Acho que estava tudo bem.

Então fiz o tipo meio esquecido e salário ajustado exatamente para uma putaria. Não sei como consegui misturar as duas coisas. Fiz uma cara de quem não sabe mentir (precisa saber mentir para fazer esta cara). E agora, meu bem?

— Deixa pra lá.

Ela fez um desconto. Ou "deixou pra lá" mesmo.

— Sabe, eu fui 100% com a sua cara. — (falei a verdade, embora ela tivesse 40% de cara de puta).

Depois ela começou a me chupar e, de repente, como se eu fosse muito íntimo, largou da minha pica e disse:

— Pô, Cara! Você *precisa* conhecer a Marli.

A compaixão é uma merda. Então respondi:

— E daí?

Ela Chupava. Ela Falava.

— Não, ela não é puta, — chup, chup, — gente fina mesmo, tem até namorado.

Aí ela fez chup, chup, chup e arrematou:

— Vamos sair? Nós três?

Ela era mesmo uma debilóide. Tive vontade de me apresentar como Bandini, Arturo Bandini. Mas achei cedo para homenagear John Fante:

— Quem vai pagar a conta? — perguntei pensando no "namoradinho" da Marli.

— Qualé? Vai encanar? — chup, chup.

Desconfio que ela fez o tal "desconto" para dizer: "Gostei de você, tem algum problema? A Marli é minha melhor amiga. Você acha que amiga de Puta é Puta?".

Sim, acho que sim. Amiga de Puta é Puta. Talvez Marli fosse até menos puta do que ela (chup, chup). Que Merda! E daí? Mais Puta ou Menos Puta?!

Não era evidentemente a minha preocupação. Melhor esclarecer.

— Chupa minha pica, depois a gente conversa.

Na verdade ela tinha Marli como uma espécie de fiadora "gente fina". Uma referência para o romance que decerto arquitetara na cabeça do meu caralho. Ela queria ter um romance comigo. Eu não estava nem aí? A compaixão, novamente. A compaixão é uma merda. Então caí fora.

Depois de uma semana voltei. Sem dinheiro. Ela estava pior, muito pior. Eva, debilóide. A buceta que ela tem é que é adulta. O mais fácil seria dizer que uma não tem nada a ver com a outra. Mas não é assim. Porque às vezes as duas estão mancomunadas. É um caso sério. Não é estritamente orgânico, digamos. Eu precisava entender o funcionamento da buceta de Eva. O ideal não seria comê-la. Tampouco chupá-la. Pensei em Amado Batista, ele é o cara que mais entende do funcionamento das mulatinhas e das putas em geral.

Você gosta do Amado Batista?

Aconteceu a mesma coisa. Ela deu umas bombadas e logo em seguida veio com aquela blábláblá:

— Você *precisa* conhecer a Marli — chup, chup.

— Caralho — enfatizei, foi um "caralho" antichup-chup.

A mentira que preguei, creio, estava fundamentada naquela situação. Ela sabia. Não da mentira, é claro. Mas que eu não era o tipo de cara para bancar uma saída com duas putas. Porra, digo eu. E foi o que eu disse, e mais algumas coisas.

— Porra! Por que você não chupa direito?

— Qual é o seu nome, hein?

— Bandini, Arturo Bandini. Por quê? — (enfim, pude homenageá-lo. Um beijo, John Fante).

Ela retomou a chupeta. Depois de algumas bombadas...

— E a Marli?

— O quê?!?!

Meia Calabresa. Meia Mussarela. Adquiri uma bondade infernal. E tive vontade de beijá-la na boca. Mas não cheguei a tanto. É mentira dizer que tive nojo de beijá-la. Ela havia acabado de se desocupar da minha pica. É mentira! É bondade infernal adquirida.

Mais um pouco de ternura. E também preguiça de montar em cima e fodê-la como ela e eu merecíamos ser fodidos. Quanto a Marli:

— Não sei. Você quem decide. Ou você chupa. Ou você não chupa.

— Dá licença, já volto.

Ela foi ao banheiro. Ouvi o barulho de uma longa mijada deliberada em plenário. Então ela voltou.

— Oi. — toda doutrina do dr. Plínio Corrêa de Oliveira, neste "Oi".

Pedi a ela que acendesse um cigarro. Me dá uma tesão sobrenatural ver mulher pelada fumando. Ela não fumava. Resolvi desfrutar dos pezinhos de Eva. Unhas manicuradas (redondas "só uma base por cima") e tal. Aí desisti.

Parti para os seios. Ela tinha dois. Sempre achei os seios a parte mais macha da mulher. Sobretudo os bicos (cravos de chuteira, Romeu Pelliciari, bola de capotão — década de 30). Usei um creme à base de cenoura. Só por amorzinho: "Creme Adâmico". Ela não entendeu a brincadeira. Bem, foda-se. Assim não tem consciência pesada. Assim não tem doença venérea. É uma lógica que estabeleci.

— Vira essa bunda pra cá.

Mas o que me intrigava mesmo era a buceta de Eva. Com 31 adquiri, além da minha bondade infernal, uma lógica que não é uma lógica e que também não tem nada a ver com amadurecimento ou sabedoria, ou seja, a posição genital é o que importa — ela retomara o trabalho de sopro — e assim tive a chance de enfiar minha língua lá dentro. Eva interrompeu:

— Olha, é sem compromisso.

Era tudo para mim. Uma buceta intrigante, conquanto minha língua se dispusera, o céu. O céu sem compromisso. Aí desandei.

Tive liberdade para discorrer sobre bocetas. E fiz questão de chamá-las assim: "bocetas".

— Com "O", é a expressão erudita, meu bem.

Ela confundiu as coisas e me tomou por adivinho. Um adivinho ginecológico. Ela queria saber o futuro das bocetas.

— E a minha? Como é que fica?

De modo que lhe contei que as bocetas são irmãs xifópagas — ela não sabia o que eram "irmãs xifópagas" — das mulheres, e que as bocetas, grosso modo, são macacas cheias de pêlos de capivara e de meandros enigmáticos. Aí eu sacaneei pra valer:

— Minha flor, você sabe o que são meandros enigmáticos?

— Puxa! Como você é inteligente!

Como eu ia dizendo, a boceta é uma macaca astuta, cheia de pêlos de capivara e de meandros enigmáticos que se esconde da titular só porque lhe convém.

— Quem é a titular? O que é "etimologia das bocetas"?

Achei que estava abusando.

Vale a mesma coisa e o contrário para o resto do seu corpo, minha flor. Tá a fim de encarar um beijo?

Meu Caro Bukowski,

Eva é minha flor. Ou melhor, Eva não é nome de flor. Eva é nome de buceta, estou convencido. De pau mole.

Santificado, a bem dizer. Buceta é algo mais complicado. Eu adoro mulheres como Eva. Ela é o tipo de mulher que toca punheta, conversa e chupa a pica da gente ao mesmo tempo. Não cobra nada. Eu acho que é um privilégio para Marli tê-la como amiga. É isso aí.

Um abraço e
cordiais saudações, do

Marcelo Mirisola

BIÉ

Quando ela respirou duas vezes antes de arremessar — (a imagem é fraca, mas veio dela) — e finalmente me disse: "faz dois meses que nos separamos... eu e minha namorada"; fui condescendente, quase um veado, levado a contragosto, mas todo-ouvidos. Ao mesmo tempo tive uma curiosidade escrota e o princípio do que seria uma ereção à francesa. Eu, Bié e a outra numa suruba, foi o que pensei.

Mas que Merda! Uma lésbica apaixonada? Ela tem o quê? Amor por mulheres?

O que mais?

O amor lésbico é de segundo time. É um amor sem pica. Foi aí que tive confiança no *meu amor*; depois, é claro, eu daria uma chance para o dr. Freud e para a minha inestimável pica. Um erro. De antemão, um erro.

Vodca para nós dois.

— Desde menininha eu *sinto* assim.

Quase pedi pra ela *sentir* com os ovários. No entanto, perguntei: "como é?".

— Conheci a Drica no café Amsterdam. Você já foi lá?

Não, nunca fui.

— É a embocadura, entende? É a *Foz* da galera GLS! O delta!

putaqueopariu.

1931, Nova York,

Delta do rio Hudson. Os rapazes de Al Capone à espera do carregamento de arenque e do uísque desviado do porto de NY (fabuloso...). Mas Bié estava falando de outra *foz* que absolutamente não tinha nada a ver com ilhas de aluvião de feitio triangular. Dei uns tratos à bola. E pensei comigo mesmo: "lixo sexual". Aí me ocorreu andar de bicicleta, respirar e depois comer frango a passarinho: "ao contrário dos desfazimentos 'GLS', essas três coisas demandam uma certa dose de *censura* e, invariavelmente, outra dose de SUBVERSÃO. Esse negócio de 'GLS' é refugio subversivo". Então falei pra ela:

— Quer dizer que você gosta de um grelo?

— Adoro, — revirou a bolsa e disse — vou te mostrar uma coisa.

Ela tirou da bolsa fotos 3x4 da namorada. Olhei as fotos e comentei:

— Parece o Oscar Schmidt.

Um amontoado de pretextos mórbidos. O grelo pelo grelo, felicidade engajada e cooptação, cujos objetivos são basicamente dois: exibicionismo e inserção. Em outras palavras: Jacaré versus Lagartixa. Era a vez da Bié:

— Cê acha?! Eu também acho!! O queixo dela, né?

Não era daquele jeito que acontecia a felicidade. Mas como era então? É certo que armei um discurso (muito útil, a bem dizer...). É evidente: se eu soubesse o que estava acontecendo não teria odiado tanto, não teria tantas razões e, por último, não teria me apaixonado por uma sapatão.

Bié mostrou-me a língua e o respectivo piercing, fez cara feia e pose de inteligente, cultural. E me chamou de babaca.

Eu disse para ela que tinha vertigem, pânico e horror a cara feia. Que tinha desconfiança de tatuagens, de piercings,

dos gays e dos seus passatempos, das lésbicas e das suas investidas premeditadas (os lugares-comuns são mesmo de propósito), de imolações em geral e muito particularmente de mulher bonita falando palavrão. Eu disse pra Bié que o que me irritava era a convicção dela e da turminha dela. Bié apresentou 3 argumentos:
1º nojo de esperma;
2º os oráculos disseram "sim sapatão";
3º "a gente transa mais a sensibilidade".

Bem. Não acredito em salvaguardas planetárias (haja saco...), em arroz integral, nos Cavaleiros do Apocalipse, no Elefantinho da Cica e em nada do que é coletivo, 'transado' e inconsciente. Outra vez: para mim é lixo sexual. Gente sem talento e nem um pingo de egoísmo e liberdade. Aí pensei em "Ariel...".

Deus! Oh, Meu Deus! Sylvia Plath sou Eu!

O fato de ela, minha Bié, ser lésbica, só dava mais tesão em mim, talvez pelo épico, pela sublimação desesperada e pelo ridículo de "pentear o cabelo num rochedo da Cornualha/vestir calças de pêlo de tigre, ter um caso".

O que me aborrecia, no entanto, era o papo das "opções". Os filmes branco-e-preto que ela freqüentava. As malditas fotos 3x4 de sua namorada. O que me aborrecia era o fato da Bié criar pêlos nas axilas. As 'leituras' e o deslocamento da Bié que, deslumbrada com as "possibilidades do clitóris", inventou de fumar com piteira. De onde vinha a tesão? Eu não entendia e ela complicava tudo com a mania de ter nojo de esperma... ou nojo de pica, sei lá.

Uma pica nojenta. Uma buceta pra enfiar a pica nojenta lá dentro. A coisa simples, escolinha do coronel Erasmo Dias. Era o que me servia. Então ameacei:

— Se você fosse um macho de verdade... eu juro, quebrava sua cara.

Catso! Só estava faltando dar-lhe uns pegas! O fim da coisa em si não era subvertê-la (e subvertê-la). Tinha meu amorzinho-erasmo-dias afinal de contas.

O último recurso era... minha pica!

Ela sabia disso. Ela sabia daquilo...?! Odiava a mãe. Tinha todos os CDs da Marina. Mas e a convicção? De onde veio a convicção? Não era o caso de perguntar: "de onde veio o amor da Bié?".

Ela era virgem como tal. Nunca ninguém havia *fodido* Bié. Aí é que eu entrava (com efeito, sem a pica...). Iria fodê-la nas idéias.

Depois viria o sexo. Onde minha desvantagem era evidente (havia dois meses que Bié rompera 'o namoro' com a três-por-quatro). Desconfiei que Bié era a parte macha do acerto, apesar do Oscar 'língua santa' Schmidt. Bié me garantiu que não:

— Não! Aconteceu, a gente se gostou. Não havia submissão e jugo, entende?

Eu lhe disse que sem submissão e sem jugo não tinha graça. Ela interrompeu:

— Era nossa arquitetura Carmem Miranda.

putaqueopariu.

Aí eu entendi, malgrado a idealização da Bié. Ou pelo menos suspeitei do que estava acontecendo. A meu ver uma Carmem Miranda menos veada e mais pragmática. Não sei dizer se mais apaixonada ou menos apaixonada. Aparentemente, algo trágica e insustentável. Sabe qual é o problema, Bié?

É sua maldita pica, que não existe.

JOANA E AS GÔNDOLAS

Joana não tem uma bunda afrodisíaca. Antes de tudo é uma bunda entristecida ou quase sartreana em seu estrabismo e gravidade diante das coisas da vida. A elegância dela começa pela bunda. Talvez um vício-de-postura-de-beija-flor ou problema de coluna. Joana é uma mulher elegante e não é suficientemente abstrata, portanto mais elegante como se uma indesejada verdadeira (é o que acontece com ela na fila do supermercado) pudesse chegar a tanto. Ela tem a maternidade gratuita que eu gosto nas mulheres e nem um pouco da presença de espírito hiperbólica de uma Gargamelle antes de parir. Vale que ela é infeliz. Vale que ela sorriu para mim.

Aí faltou violência da minha parte. Uma coisa assim, por exemplo:

— Vou lhe acertar umas porradas. Vou amá-la. Depois quero um ventre branquelo e gordinho para descansar. Que tal?

Ela poderia ter me ouvido. Ela poderia ter minhas orquídeas: é o que eu chamo de abertura para o amor. Mas ao invés das orquídeas ela escolheu a seção de frios e laticínios. O que não modificou minha escolha.

Ou seja. Eu, o cavalheiro. Ela, adendos enfadonhos, peitinhos firmes e decentes; eu, o tempo ideal de boliná-los, a ela, a eles. Ou "minha lagartixa", em réveillons prateados e outras exigências irrelevantes e mais uma dose de uísque e outra dose de uísque.

Mas não foi assim.

Ela é feliz *para mim*. Até onde uma pessoa comum que sonha com carros coreanos pode ser feliz. É o tipo de mulher que criaria problemas triviais no supermercado e que jamais compreenderia a grandiloqüência da palavra "gôndolas". Sobretudo é uma pechincheira de merda. Qual a diferença das gôndolas do Carrefour e das exposições do Masp?

Quem não ama pechincha. Unhas compridas não combinam com ela. Joana não tem vocação para vampira: freqüenta as gôndolas. Joana freqüenta as exposições do Masp.

Algumas semanas de boa convivência fariam uma faxina no cérebro "da minha lagartixa". Nem seria preciso insistir. A faxina consistiria em: 1º) fazê-la desistir das amigas e da mãe, das aulas de origami e das unhas compridas (e, ademais, fazê-la censurar inconscientemente os próprios peidos);

2º) Usar alvejante com detergente: em pouco tempo ela esqueceria dos carros coreanos, trocaria de dentista e tomaria o veneno errado.

O que mais? Vejamos.

Engordar! Uns vinte quilos: dez quilos de gordura para os quadris e os outros dez quilos de gordura para os quadris. E, finalmente, para o cumprimento do meu desiderato (e, "por causa do monstro", que sou eu mesmo), muitas e muitas lágrimas rolariam na frente da televisão.

Ok. Eu sou "o monstro", e daí? Da minha parte (de monstro) eu penso em chupá-la com cinismo e pudicícia. E, é evidente, eu lhe retribuiria com confusão, muita confusão e elogios premeditados, incentivos superficiais e urbanidades tolas, mais confusão do que qualquer outra coisa. Hoje eu imagino que não a assustaria, eu aprendi.

Mas as coisas não aconteceram.

Ela jamais teria sensibilidade para se ajustar às baixarias e indelicadezas do cotidiano. O descuido do xixi na tampa da privada (xixi premeditado, é claro), ou a toalha molhada sobre a cama "passariam" — até pela condescendência bovina e pelas seguidas convulsões de credulidade doméstica — como "coisa de homem". Aí eu penso em lubricidade e na minha honra lavada em sangue. Em "a gente vai batalhar juntos" e "dessa vez 'passa', tá?". Eu de bigodão. Ela sodomizada pelos funcionários do departamento pessoal.

Mas as coisas não aconteceram. Até quando?

Algumas balinhas de cemitério na cristaleira. Um jacaré sentimental vestido de festa típica. Dois filhos mongolóides ou "os rapazes": eu os chamaria assim "os rapazes" com certo orgulho e cumplicidade desesperada de pastor protestante ou caubói nos finais-de-semana.

Passaríamos as férias num balneário catarinense onde Décio Piccinini tem a idade do meu pai. Carros coreanos e pufes sugeridos. Um lugar sem livros. Onde a velha cobra com dentes de cavalo vive amigada com um polaco oblíquo e pornográfico, estou falando da minha sogra imaginária, e do seu amante, o polaco. Também tem um Cristo que irradia flashes de raio laser depois da meia-noite.

Tá legal. Passaríamos as férias neste lugar onde o polaco oblíquo, a velha cobra, Joana e o Cristo de boate são uma família (o que não é nada, o que é praxe: pode ser ao sugo ou à bolonhesa) ou, o que dá na mesma, um consenso, neste caso, de duas mulheres e um homem que têm as mesmas degenerescências sociais e estéticas, fazem as mesmas macumbas e são igualmente pornográficos e devedores do IPTU. A mesma coisa em janeiro e fevereiro.

Tá legal. Só para acrescentar: o polaco é ainda mais venéreo e pornográfico. Ele deve cuspir no pau e azeitá-lo, é por aí. A velha cobra orienta a filha (minha doce lagartixa, que continua elegante) guiada pelo sexo do amante, ele é quem "dá um trato", ele é quem prepara as "bebidinhas" e os canapés de restos humanos. Alguém viu "os rapazes"?

E tem mais! Eu decretaria, como bom marido, algumas gracinhas e beijinhos de repique, depois o fazimento da alma-alminha e das partes baixas do corpo de Joana. Então meu saco fritaria feito Mandiopã.

Anos setenta, meu amor.

Depois me ocorreu Ilha Porchat da minha infância. As mulheres de maiô. Eu e o polaco conversando sobre retidão e pontualidade. Antepassados fascistas em comum (?). Um ranço de fodas reprimidas e da infância no aquário.

As mesmas coisas?

As coxas de Joana são depiladas pela mãe. As coxas da mãe são depiladas pela filha. O polaco é artista. Os "erres" são pronunciados com veemência antes do sexo oral. As tragédias, creio, são azeitadas na cabeça do caralho. Mas ela não quis.

II

A Praça do Ovo

A PRAÇA DO OVO

Tenho que desvendar os mistérios dos pés de Sylvia. Ou deixar pra lá. O que é que nojo tem a ver com medo? Qual é a imposição da palavra "esperma" nisso tudo? Eu tenho nojo dela. Aconteceu a mesma coisa com Thaís, a fodida. Já amei as duas.

Agora tenho nojo das duas. Gostaria de me reconciliar com a cidade de São Paulo. A pizza da Pirâmide Luminosa, Padaria e Confeitaria Imaginária (Teodoro esquina com a Fradique Coutinho), poderia ser um bom começo. Biju no farol.

Quando eu não sabia escrever fazia poesias. Avenida Paulista, Conjunto Nacional. Sexo. Em 1982, W. Spitaletti impunha respeito com seu chevetão cor-de-laranja. Uma Pantera Grudada no Vidro de Trás... merda. Tenho saudades, vontade de matar.

Centrão. Biblioteca Mário de Andrade. Sebo na Sete de Abril, Galeria Pajé.

Ontem chorei por causa do babaca do Tarcísio Meira às margens do Ipiranga. Não estou nem aí para a transcendência. Não estou nem aí para a iluminação. Minha primeira foda não foi grande coisa. Uma ligação sentimental inexplicável com os córregos canalizados. Obras do Metrô, governo Quércia.

Os jogadores de Pebolim não dão entrevista depois do jogo — *isto sim é uma grande coisa*. Ayrton Senna dava o rabo, disso ninguém fala... Sempre fui Nelson Piquet. Traí e fui traído. Sou um idiota e as palavras rolam na minha boca. Ainda vou ser atropelado por causa desse meu jeito. Só mais uma coisa. Gadda no lugar de Rosa. A troca é que é legal.

Um tipo meio bandalho, este W. Spitaletti. Alguma coisa recendia nele a depósitos para material de construção, arrabaldes. Amigo de ladrãozinho de toca-fitas. Outro tanto pangaré amigo meu. Carteirinha da Gaviões... merda. Alguém aí já viu gato fodendo?

Eu vi. O imparcial é um canalha. Perdi o cabaço num sobrado da rua João Guimarães Rosa. Curioso, né? Uma travessa da Augusta, perto do Kilt. Fiz uma promessa, depois de uma gonorréia, quando eu tinha dezoito anos. Além disso sou travado, melancólico, esquizofrênico dos diabos e apaixonado. O amor no lugar da tesão. Eu me apaixono por putas e geralmente elas cobram o dobro do preço. O desejo é que deve estar embolando o meio de campo. Deve sim, é isso aí.

A culpa é humana! O perdão, não. O perdão não é humano. A culpa tem desdobramentos sensuais. Ora!, a culpa é foda. O perdão encerra-se em si mesmo.

O perdão é mais fácil. Eu chupo putas. Eu chupo putas. A culpa tem várias estações e compartimentos, friagem, abstrações que descem pela espinha, entraves e conluios com a merda e o chão — a culpa é foda, a culpa é fodida.

Mário Benedetti é outro que me faz chorar. Ontem deliberadamente quebrei a promessa e *paguei para meter numa buceta*. Qual é o destinatário celeste para as boas causas de sacanagem? Sei lá, prometi. E traí. Que Nossa Senhora do Bixiga (se não for ela mesma) me perdoe. Por que chupar bucetas?

Não existiria crime. Nem cegueira e desamparo, tampouco castigo: não existiria Dostoiévski de outro jeito. Isso tudo aconteceu nas imediações do Jockey Club. O cu das putas nunca fez parte do acerto, acho que não.

Ou pelo menos não constava dos meus estatutos. Chupar bucetas, portanto. Enfiar a língua, ser chupado. Por que chupá-las? Ora, para constatar a falta de pau. A deficiência. Ou a força encerrada no caule. Sem metáforas, para lamber a ferida: cuidar da cria, ser fêmea. Mas nada de *meter* em bucetas (o cu é outra história...?). O pôr-do-sol e uma hierarquia sob medida. O inferno, isto é.

Outra vez minha necessidade de reconciliação. Usei o disk-amizade, alicates e torniquetes, cremes à base de xilocaína e sprays semi-anestésicos, gastei minha (tesão?) nas mais extravagantes manipulações sexuais e, com exceção de uma vez em que pensei que a mina não era puta, nunca enfiei para dentro, nunca *paguei* para meter em bucetas. Existe pois uma ligação subliminar entre "estatutos", as palavras "ata" e "anal", cu. Operação descida. Imigrantes e Anchieta congestionadas. Feriadão. Rádio Jovem Pan e Narciso Vernizzi, o homem do tempo.

Aí quebrei as hierarquias desatinadas. Um Cristo igualmente desatinado e perplexo, filho de Uma Nossa Senhora Que O Pariu. Aliás, sou católico por causa do Adoniran Barbosa. Um tanto vago, infundado e legítimo, isto é que é pior. A cantina do Capuano já teve seus dias de glória. Hoje serve pratos executivos. Eu não sei mais o que pedir em minhas orações: quebrei a cara, traí minhas taras (parece música do Belchior) e não abusei 100% dos cremes ilícitos. Tava apaixonado.

Ela era volúpia e dedicação. Ausente e talvez a mulher que eu procurava, de modo que não olhava nos meus olhos, tinha vergonha. Eu um pobre diabo. Um beijo lambido. A delicadeza corrompida pelo *ato de foder*. Daí a vergonha. Uma bunda profissional decerto. O rabo indissociado principalmente. Vieram as convulsões e pequenas eletricidades noturnas. Eu fiz a coisa com parcimônia e luxúria (nem sei onde aprendi esse negócio); a parte de dentro das coxas: movimentos circulares, saliva. Quando ela veio por cima tive ciúmes dos outros "clientes" e não deu para evitar a lembrança de Borba Gato (sempre ele...). 1981, av. Santo Amaro antes do corredor de ônibus. Meti lá dentro da buceta. São Paulo, 440 anos. Aniversário da cidade.

Adoro datas. Sobretudo as comemorações de ordem moral e cívica. Não perco um Sete de Setembro. Os velhinhos da F.E.B. O Regimento de Cavalaria Nove de Julho na av. Tiradentes (não acredito em "Sambódromos"). Autoridades no Palanque. Urutus, Tecnologia Brasileira de Guerra e dona Ika Fleury. Também vou aos prantos com as bandinhas e fanfarras das E.E.P.S.G. Monteiro Lobato e Olavo Bilac. Dilaceramento. Saudades do Exmo. Sr. Presidente da República General João Baptista de Oliveira Figueiredo. Sei lá. Datas oficiais me comovem. Não excluo porém os dias de santo Estevão e de Nossa Senhora Aparecida, padroeira do Brasil. A volta do Gabeira devia fazer parte do calendário, eu acho. É isso aí. O que salvou a humanidade foi Jesus Cristo ter sido morto na Cruz. E se tivessem empalado ele? O diabo comeu barriga, francamente. Quem se aproveitou do vacilo foi Pedro, o canalha. Três vezes canalha. Não bastasse a traição, inventou Uma Igreja para ganhar *dinheiro*. Cocoricó. Judas foi mais honesto: traiu, arrependeu-se, devolveu o dinheiro e pulou do décimo segundo andar do Edifício Marilise.

X
 X
X
 X
X
 X
X
 X
X

Ploft! (Judas esborrachado na calçada das "lojas Mafuz"). Ético pra caralho! E o diabo, hein? Onde é que ele se meteu?

Eu quero dizer que também envelheci. Ora, Merda! NÃO DEVO NADA PRA ESSA GENTE. Sou um cara apaixonado e infeliz. Tenho Que Olhar Pro Alto e Uma Necessidade Desesperada de Me Reconciliar com a Cidade de São Paulo (um acerto de facas...?). Quiçá.

rua Teodoro Sampaio — 1972. Tudo o que se pode pensar em matéria de panelas, armarinhos, guarda-chuvas e bugigangas. Entre o Bazar 13 e a Pirâmide Luminosa, a loja do Waldemar. Ou a cosmologia da minha infância suscetível e melancólica. Nostalgia, bricabraques. Meu caso com Maria Rita. Vila Madalena também. As ruas purpurina, wizard e fidalga. A Praça do Ovo. Caldo de Cana e Pastel de Feira. Eu tenho saudades, sobretudo. O Estádio do Pacaembu. Suspensão, clamor. E a vontade de matar, outra vez — merda, que merda.

III

para Darinka

A CASA DE ROSARIO

Em 94. Foi com "O Lamento do Vampiro" que tive, acho que pela primeira vez, a elegância e o combustível dos dirigíveis incorporados aos meus escritos (largueza, velocidade, inflexão, irrupção, monumentalidade, etc.). Darinka já sabia de tudo. Ela foi minha guia/salvaguarda e mãe. Mas não é meu desejo aqui ressaltar o talento e nem tampouco a comunhão de interesses e de espiritualidade que desde o princípio me ligaram a ela. É melhor, creio que sim, falar de quando o céu abriu. Aconteceu quando voltávamos de Acebal. Era noite. Ora embuste, ora estrelas e céu, eu mesmo Moisés, o céu abrindo, o prometido, uma conjugação mágica, enfim, que não era poder, mas ferramenta em qualquer tempo, elegância e combustão. Foi no final de 94.

"Alguma coisa sempre fica pelo caminho" — eu esperava, sinceramente, que sim, que ficasse.

Todavia uma conjugação mágica.

Um equilíbrio apartado de mim. Ou simplesmente a abertura de uma noite no céu da Argentina. Isto é.

Aproveitei alguma coisa de "O Lamento do Vampiro" para impressioná-la, ou pelo menos na tentativa de convencê-la do meu amor, acabei por entregar-lhe (droga! por que tem que ser assim?) o vampiro desajustado e incontinenti que sempre mete os pés pelas mãos. O prejuízo não foi meu.

Não obstante fui lançado num embate furioso (comigo mesmo?), às avessas e, sobretudo, foi por ela ("ela", era noite) que tive a oportunidade de compreender, em toda a largueza, o significado das palavras "jeremiadas" e "maldição". O primeiro uivo aconteceu na praia. Era noite, outra vez.

Foi um ano difícil. Eu me lembro do réveillon de 93 para 94, a vela que não acendia, a chuva fina e o clarão quando olhei para trás. Sem dúvida, para mim, 1994 foi um ano fodido e luminescente.

Darinka apareceu no final de outubro. Quando eu já estava comprometido até a medula com um noventa-e-quatro escrotíssimo e algures (não é redundância, eu juro) prenunciador de um futuro ainda mais porra louca e enriquecedor (...?). A literatura comia. Darinka é o pseudônimo de Angela Ambrosini. Ela faz parte da minha conjugação. Ou seja.

Ela me acompanhava nas mentiras. Foi na casa de Darinka que experimentei uma sangria particularmente esclarecedora. Eu chamo de A Casa de Rosario. Os pretextos que têm outra verdade e que na verdade não são pretextos é que me levaram para lá. Não vale a pena querer entendê-los. Mas preme saber que as coisas aconteceram de outro jeito. Ou saber que é a minha cabeça que funciona desajustada. Às vezes sou deliberadamente mal-intencionado. Às vezes sou deliberadamente bem-intencionado. Uma coisa pela outra. Mas vamos começar pela viagem a Rosario (dá na mesma, eu acho).

Darinka me convidou. Eu aceitei. A viagem de quatro dias serviu para fazer algumas anotações. O que mais? Bem, caí em cima de Maria de Fátima. A mulher teve uma crise renal em Uruguaiana. A poucos metros da divisa, do lado de cá. Então fiz associações políticas esdrúxulas.

Depois passou a crise. A crise de Fátima. O que foi um alento para mim, quer dizer, denominá-la assim, "Crise de Fátima". Ela me disse que era oficial de gabinete de um tal de dr. Kazinski, juiz de direito. Maria de Fátima, na verdade, me encheu o saco a viagem inteira.

Para ela os figurões do judiciário, todos, sem exceção, eram inteligentíssimos e brilhantes, e ela, evidentemente uma deslumbrada, trepava com todos porque eram inteligentíssimos e brilhantes ou porque eram brilhantes e inteligentíssimos. A coisa ficava nisso. Deu nojo. Devia dar só tesão, mas deu nojo. Ou misturou as duas coisas. Sei lá.

Vou tentar explicar. Alguns marxistas de alcova, outros positivistas intransigentes (são os melhores), outros sadomasoquistas, outros veados mesmo e a grande maioria de parnasianos e enrustidos em geral.

Eu sei, já fui figurão. Até que um dia aloprei. Acho que foi por causa da colônia "Pinho Campos do Jordão", para depois da barba. Cínico sou até hoje.

Elas, funcionárias deslumbradas, costumam pisar para fora, são eloqüentes na mesma medida em que são "muito mulheres" e caretas sobretudo, médiuns e sensitivas talentosíssimas (mãe Dinah era gostosa na juventude), em suma, uma roubada, de modo que "faz-se mister" a atualização dos códigos penal e civil, caso contrário, essas lagartixas, desconfio, jamais chegarão ao orgasmo.

Eu conheço o tipo. Bolinei nos peitinhos dela durante toda a madrugada. Maria de Fátima fingia sono profundo. Acabou chupando minha pica. Sem dúvida foi uma viagem de escritor. Devo a Angela Ambrosini, Darinka. Também devo a passagem do ônibus e um montão de dinheiro.

Ela, Darinka, acreditou nas bobagens que eu andava escrevendo no começo dos noventa (minhas primeiras bobagens...). Foi assim que começamos nossa amizade. Era madrugada no Arpoador.

Darinka cuidava de um despacho. Consegui persuadi-la de que macumba era coisa de gringo, carnaval, mulatas etc. Aí ela foi com minha cara. No dia seguinte almoçávamos uma enchova grelhada no terraço do seu belíssimo duplex com vista para a lagoa Rodrigo de Freitas. Uma anotação. A cobertura fica o ano inteiro desocupada e eu, que por acaso também fico desocupado o ano inteiro, tive uma idéia.

Na verdade uma compulsão antiga e "belíssima" de morar de graça e de frente para a lagoa. Juntando uma coisa com a outra — viagem de cínico e "écrivain" — embarquei, 1 mês depois de Darinka deixar o Rio, para a terra de Bioy Casares e J.L.B.

Cortázar? Bem, Cortázar é um caso à parte. Eu só precisaria convencê-la.

Às vezes tem o dedo de Deus. Às vezes as garras do diabo.

Darinka desfrutara da intimidade de Borges. Escrevera um livro sobre ele e procurava o Aleph nas praias do Brasil. Foi como candidato a Aleph, depois de quatro dias e quatro noites ensardinhado no ônibus, que bati na Casa de Rosario. Aliás, falando em ônibus, nunca mais tive notícias de Maria de Fátima, moça de fino trato, esforçadíssima.

Darinka tem uma filha estranha. A mulher não faz a barba, não toma banho, endoidecida de amor, desde 1978, quando, acertadamente a meu ver, um professor de medicina que andava lhe comendo deu-lhe um pé na bunda. As coisas, segundo a mãe, aconteceram em Paris. Hoje, a filha de Darinka, além de não tomar banho, vive a escrever poesias estranhíssimas, subaquáticas. Culpa do amor. Darinka me garantiu que sim.

Para a mãe uma promessa não realizada. Um gênio da medicina (a melhor que passou pela Sorbonne), o escambau e etc., enfim, que caiu sob o peso de um amor descontrolado, furioso. Uma história para intrigar.

Comigo apenas a certeza de que não tomava banho. Ademais, não se podia ignorar sua presença física (sim, era filha de Darinka), que fedia em vida, pingava as imundices de uma outra mulher muito mais jovem, lúcida e remota, assustadoramente lúcida e remota. Depois do pé na bunda a doida teve um filho. Jose era o pai. Boa praça, índio peruano, esclarecido. Um cara doce que administrava uma confusão em torno de uma família feita mais por descuido do que por necessidade; ele, de certo modo, (e aqui vou me permitir um excesso:) encarnava o espírito de um continente de merda, varado, fodido e explorado ou coisa que o valha/e a mim também, acho que simpatizei com Jose.

Todos afinal simpatizavam.

Ele não estava nem aí. Jose incluído como vegetação, manso, subcontinental e ausente. Jose não estava nem aí. Pouco se lhe dava a condição de índio, vegetação, urubu ou o diabo que o valha, sua condição de Jose.

Eu não saberia dizer se Jose amaldiçoava ou bendizia o famigerado professor da Sorbonne, para mim — que apenas idealizava (Jose não estava nem aí para minhas idealizações) — Jose era o subcontinente, e o outro, o corsário, o devastador, o europeu civilizado que afinal de contas destruíra sua esposa e comprometera definitivamente a qualidade de suas fodas. Mas Jose não estava nem aí. Vislumbrei um futuro heróico para "Pepito", o filho dos dois.

Um novo "Che!", ainda mais carniceiro e redentor. Então, a despeito do esgarçamento e da podridão, da inapelável indiferença de Jose, consegui entender Jose.

Ele não estava nem aí.

Graça e Maldição. Sangue e Redenção. Jose, a Doida e o Francês. Continentes e SubContinentes. Comandantes e SubComandantes. México e Estados Unidos. Jose não estava nem aí. De modo que lhe dei toda a razão e procurei refletir sobre as coisas e, depois do meu espanto e incredulidade, fiz algumas proposições num portunhol pra lá de mal ajambrado. Comecei assim: passado é memória. Foi um bom começo... acho que sim, acho que agradei.

— Os mortos (como é o caso de sua filha que não toma banho) também sonham? Ou permanecem em estado de vigília?

Darinka concordou comigo que não havia diferença entre o acontecido e o imaginado. Uma coisa pode existir sem a outra. Então a porca torceu o rabo (a questão era: como é que a porca torcia o rabo em castelhano?). Continuei:

— O passado é o tempo comum. A única concessão ao presente é a morte. Que é a falta de lembrança. O resto é passado. A gente só existe no passado. A mesma coisa vale para os lugares. Para os amores furiosos. Para o futuro! Para os pingüins que ocasionalmente estão em cima da geladeira em estado líquido, sólido ou "gaseoso". Ou seja: nós somos apenas lembrança. Quem consegue lembrar melhor ganha um orgasmo à la carte ou pode ganhar a nostalgia de presente. Quem lembra pior, como sua filha, fica maluco. Eu, por exemplo, não respondo pelos meus desejos. Tenho apenas um vago controle das minhas lembranças.

Ou por outra. Admitia a picaretagem (o que é retórica, uma estratégia vagabunda) e assumia solenemente o quebra-galho metafísico. Enfim. Uma plataforma fantástica para a trapaça. Foi quando toquei no assunto da cobertura na Lagoa. E concluí: "Darinka, é melhor não insistir com sua filha. Ela ama. Ela não toma banho. Ela existe. Ela não existe. Ela é um gênio, só que não entende bulhufas de poesia". E Viva Jose!

Tudo isso num portunhol descabelado. Voltávamos de um Encontro de Poetas Frustrados, que aconteceu em Acebal. Darinka foi minha cicerone. Acebal, Província de Santa-Fé. Ciudad de la Poesía. O portunhol, diga-se de passagem, é uma coisa-língua especialíssima para quem está a fim de dar uma barbarizada na metafísica. Comigo funciona, é só dar uma espremidinha que logo "cambiamos" com o outro lado do espelho. Ao som de um acordeão é perfeito.

"Usted Cambia Una Noche Encantada/
Com Borges y Luiz Gonzaga,
En el Interior de Argentina/ Viva!/ Viva Argentina!"

Fui duplamente sacaneado em Acebal. Tive que falar uma poesia de supetão. Darinka fez meu nome ser incluído na programação do "Encuentro". A outra sacanagem (mãe protegendo a filha, justíssimo) foi ela ter me apresentado ao seu amigo performático: "bamos, bamos, usted tiene que conocer Fito Paez". Um panaca. A panaquice não tem geografia. Eu tenho uma explicação: a culpa é dos publicitários (antes de qualquer coisa a culpa sempre é dos publicitários...). Na minha época de panaca a selvageria tinha lá seu encanto e a panaquice, naturalmente, era o contraponto. Hoje quem é o panaca? Quem é o selvagem?

Como é que se fala "Panaca" em castelhano?

Poetas não têm lugar para acontecer, os caras se levam a sério, não tem vexame que os contenha. Eu e meu jegue. Coitado do bichinho. Amarrado no estacionamento do Grande Estandarte de la Poesía. Só para concluir: todo publicitário é um poeta frustrado que deu certo. Alguém deve sacanear esses panacas.

De Acebal guardo um livrinho de poesia. "Palabras a los Amigos", de Pedro Angel Klis. Eis a dedicatória: "para el hermano poeta Marcelo, en el dia de encuentro de poetas en Acebal, con afecto, 12/11/94". Angel Klis é autor de las Obras: "Elevate", "Divagaciones" y "Concierto Singular". Sei lá de onde ele tirou que eu era poeta. O tal de "el hermano" foi o que me tocou. Porque foi dito antes de ser escrito, e aquilo, junto com o abraço de Klis, foi profundamente triste e patético. Vale a mesma coisa para "Palabras a los Amigos". Acho que Angel Klis fez sua dedução (enfim, de que EU era "poeta"!) a partir dos títulos de suas obras. Então conheci Marcia Piccat.

Marcia não tratava de "divagaciones". E nossa primeira conversa foi um fiasco. Ela me pediu a transcrição de "Oração de Quatro", o poema que, por armação de Darinka, tive que improvisar na tribuna no Grande Salão de Poesia (as velhinhas da platéia adoraram a mistura de pornografia e narcisismo calvinista da minha "Oração de Quatro"), todavia, embora nos estranhássemos no face to face, me pareceu que Marcia havia se compadecido do meu mal. Ela sabia das coisas e eu, evidentemente, não me atrevi a questioná-la, uma vez que eu também já estava cansado de saber do que se tratava. De certa forma eu havia me contaminado de piedade e compaixão, coisas que somente a poesia canhestra, fio desencapado (amarração de arame), tem o poder de arranjar, dar um jeito, fazer uma gambiarra com a gente.

1994 foi um ano difícil. Com exceção daquela noite, quando voltávamos de Acebal. O diário sofrível de Angel Klis. Seu abraço forte, além do portunhol metafísico, entraram em conjugação com a noite ou, o que é mais estranho, efetivamente faziam parte de um céu de estrelas. Aconteceu de o céu abrir. A palavra é cosmogonia. Quando da abertura.

Chegando em Rosario alugamos um táxi. Eu queria pagar a corrida. Darinka não permitiu. A Casa de Rosario fica defronte uma revenda de carros usados. Quase cinco horas da manhã. Aí pensei: "Vou assaltar esta loja. O que pode acontecer com um ladrãozinho brasileiro na Argentina?".

Uma sucessão espectral de palavras. "Carniceria, Chivita (...), Jamón, Desayuno?, Macedonio Fernández, Pollos y Papas Fritas, Che!, El libro de Arena, Juego de Rayuela, Emecé Editores, La Bombonera: River Plate X Boca Juniors, crônicas de Bustos Domecq..."

Tive algumas certezas. Yoko Ono y Maria Kodama estabeleceram um pacto sinistro com o intuito de desestabilizar e corromper o pensamento ocidental (do pop ao papa). Um perigo essas japas.

Aí eu mesmo estabeleci um plano. 1º) Nada de milagres pela metade. 2º) Nada de provas materiais. Aí passou.

Amanhecia na Argentina. Lavei a cara com Sol. E cheguei à conclusão de que existia apenas um tipo de preconceito. Que era prerrogativa da inteligência. Que era meu caso, evidentemente.

Todavia um caminho de redenção e obliqüidade. O céu não se troca com a terra. O caminho do céu é outro. Enfim, conjecturava às pampas, consegui um blended de carolice on the road com outras certezas metafísicas/mequetrefes, porém, ao mesmo tempo, estava convencido de que não daria nem uma unhazinha sequer para o martírio. Da minha parte, a tesão. Aí dei os primeiros passos. Fiz as ressalvas de praxe. A começar pela alma, será que o homem tem alma? Até quando Darinka iria me agüentar? A idéia do rufianismo (sem sexo) me era simpática, en passant.

Na sexta-feira Darinka foi convidada para participar de um jantar em homenagem ao cônsul americano que visitava Rosario. Acho que o cônsul não foi com a minha cara. Ele também não era nenhuma brastemp (piadinha). Eu me apaixonei pela violinista. Serviram coelho ao molho de não sei o quê. Darinka me apresentou a um amigo seu que falava português.

Tudo bem. Tudo legal.

Não sei por que imaginei que este jantar seria o ponto alto da minha porralouquice na Argentina. Imaginei assim: "... na verdade o cônsul não tinha a obrigação de lembrá-la, apenas para quebrar o protocolo e me agradar, um cara como eu, simplesmente despenteado etc. etc.". Mas foi um jantar comum. Não vou negar que me diverti, enchi o caneco de vinho, dei pequenos vexames e aproveitei para "cambiar" palavrões com o amigo de Darinka que falava português e que teve uma dificuldade danada para me explicar como é que se falava "coelho" em castelhano. A violinista desapareceu. Eu não gastei um centavo em Rosario. Na volta, é curioso, meu cérebro, minhas tripas e minha consciência (esta foi a que menos fez falta) ficaram vomitados em Uruguaiana, na fronteira, do lado do Brasil. Se bem me lembro, Maria de Fátima, a deslumbrada, teve uma crise de pedras nos rins, no mesmo lugar, do lado de cá. Acho que foi coincidência. Como dizem na fronteira: "Cambiei". É, foi isso aí. Ela na ida. Eu na volta.

BUENOS AIRES ATÉ O FIM

para Reinaldo Moraes

"Te bebo hasta el fin"
(Angie, prostituta de Buenos Aires)

Buenos Aires é gris pelos desvãos, jamais pelos recalques. A maldita classe média não é recalcada. Aqui, não. A coisa acontece no presente do indicativo. As plazas, calles, estátuas e obeliscos estão lá porque fazem parte da paisagem de quem usa ("usar" não é imprescindivelmente sinônimo de coletividade, participação. A palavra é "paisagem", sem faniquitos marxistas), isto é mais do que referência ou localização, não seria exagero se disséssemos "santería de las plazas" e, ao mesmo tempo, sin embargo, julgássemos a coisa desagregadora, elegante e criativa. Ou seja, Buenos Aires funciona. Extrapola os limites da arquitetura, dispensa heróis fuleiros e visionários mequetrefes. E — definitivamente — não é um bufê infantil que pressupõe nichos, consumidores apalermados e um monte de libido desperdiçada com meganhas de aluguel e cuidados desnecessários. A urbanidade não é uma "praça de alimentação"*. Buenos Aires é diferente. Buenos Aires é adulta.

Os garçons são fidalgos. Às vezes, estelionatários. A cidade é usada de dentro para fora e de fora para dentro. É

---

* As praças fajutas — essas, de alimentação — são o que eu chamo de caldo de cultura para recalques civis.

evidente que tem aqueles que são usados pela cidade (eu tô nessa!). Faço questão.

Cafes, cafes.

Damas e Chapéus Imaginários. Não existe Vila Élia em Buenos Aires. Ou, se existe, é o tipo da coisa que não cabe no meu flânerie. Como eu, por exemplo, não caibo num rap. Cidade de Deus é o nome de uma favela no Rio de Janeiro.

Agora vou fumar um Gauloises na Confiteria Cosmos. Que fica na Lavalle quase esquina com av. Callao.

Cafe con crema, por favor.

Assim é fácil ser escritor. Só está me faltando uma fêmea "Magrife" anos 70's. Quero ser dilacerado. O que mais? Uma punhetinha de felicidade.

Bajarlía, Jose-Jacobo. É um velhinho faceiro. Traduziu e foi interlocutor de Drummond e Murilo Mendes, foi o primeiro a trasladar Ionesco para o espanhol; poeta, dramaturgo, ensaísta etc. Todavia não consegui tirar um centavo dele. Assim não dá. Como vou ser gauche noutro lugar?

A merda é que esses gringos fazem o escalpo da gente. Tenho medo de respirar e ser enganado pelo oxigênio de Buenos Aires. Um trocadilho Mercosul, legal, não é? Eu sou um trouxa mesmo. Mas deixa pra lá. Peguei um bicho-de-pé que hablava castelhano: "Usted conoce Fito Paez?".

Táxis. Uma conjugação de enganos e calles crepusculares: nunca fui tão ingênuo (eu digo, nunca me deixei llevar com tamanho ardor cinematográfico). O que é fundamental em Buenos Aires. Ou seja. Não é difícil ser enganado e sentir-se muito à vontade: pode ser na Sáenz Peña ou na Rivadavia.

Taxistas estelionatários. Garçons. Turfistas à espreita. Cafes desde 1890. Mocassins. San Martín, pai da pátria.

Devia ser legal viver em 1952. Ter minha idade em cinqüenta e dois. Buenos Aires é para chorar de nostalgia. Que é a perda de duas perdas e, no meu caso, a perda de algo que nunca tive, então dediquei un matambre de cedro y una ensalada rusa para meu avô. Fiz uma dedicatória toda especial na conta. Tive que pagá-la, no entanto...

Não dá para misturar as coisas. Sentimentalismo "oriundi" é uma coisa. Inclui morcillas, bife de costilla, comida para llevar. Outra coisa é ficar triste porque ao invés de pagar uns cinco ou seis pesos, a "outra coisa" tenha custado cinco ou seis vezes mais do que o valor da melancolia antes, durante e depois de almoço. Sim, é evidente. Melancolia tem preço. Sentimentalismo é mais barato.

A verdade é que não aprendi a lição. Investir em comida — dizia meu velho amigo (e avô, por coincidência) — é um prazer que termina no cu, aproveita-se hasta el fin. Por supuesto e, como diria meu novo amigo, Reinaldo Moraes, "dinheiro vai, dinheiro vem", então tá. Espero o desarollo das coisas. Em primeiro lugar, uma boa cagada. Depois, vende-se a merda, quem sabe... dinheiro vem. Mas no dia seguinte, dinheiro foi.

Outra vez. Um fiasco. Só podia acontecer em Buenos Aires. Dez da manhã. Melancolia. Al-Azif e Azathot (os dois juntos). Tragédia. Um tango que dancei sozinho.

Comprei o Clarín e fui direto aos classificados de putaria. Anúncios maravilhosos. E lá estava ela, Angie.

"Soy Angie. Te bebo hasta el fin." O endereço é calle San Martín (pai da pátria), 945, 3º piso, departamento treinta. Um aviso no hall do prédio só serviu para me deixar com mais tesão: "Aqui, en el departamento treinta, funciona un prostíbulo ilegal". Gamboa Boschetti na cabeça.

Eu pelado, soy brasileiro, y hablo portunhol, conheço Bajarlía, o homem traduziu Ionesco em 59.

¿Quién? ¿Ionesco, o Bajarlía?

Complicaciones. Explicaciones. Tesão. O ap. dentro de um aquário.

Inverno na Recoleta. Aqui é South America, não é Paris. O que é melhor: é o último tango possível. Ópio. Peixes ornamentais. Peixas sadomasoquistas. Nostalgia. Vermelho & Violeta. Sax/Bandoneón. "Sin Embargo?"

O Bandoneón é mais rápido, todavia não acontece sem o Sax, vem depois, isto é, velho e cansado, inalcançável, como as fodas em Buenos Aires.

Angie. Ou "Close Your Eyes And Listen".

Há que se crer no vento. Em folhas secas e praças impossíveis. Em tempestades. Maldições & Bandoneón. Inverno & Cello. Pianos antes das tragédias. Há que se crer nas tragédias. Na velocidade. Na redenção pelo Sax, em Gerry Mulligan. Outra vez, Bandoneón. Um dia. O dia seguinte. Vitrines. Há que se crer em espirais. Túneis!

Dá sua mão, vamos cair.

Pra recomeçar. Outra vez. Outras vezes. Risos. Lágrimas. Ventania, espirais.

(Tem gringo que não gosta de Piazzolla)

Teatro Renascentista. Commedie del Cinquecento.

Violinos? Sim, Violinos. Íncubos.

Mandrágora. Serpentes.

"Dioses arquetípicos y primigenios, la cosmografia de Cthulhu y los Profundos que viven en las cavidades del mar."
Esperma. Sono. Um deserto.

fumaça e corpo.

Degraus. Abismo. Quem disse que não é pra cima? Subir aos céus, via abismo.

Onde finalmente cumprem-se as exigências dos espirais.

Agora, a faca. Que não serve para nada. Uísque. Isto

acontece — é bom que se diga — nos extremos do Tórax. Voilà?

"El ajusticiamento de las brujas." Como queria Lovecraft/Bajarlía. Mais um prejú. Eram dez da manhã. Eu estava morrendo sem ar, anfíbio. Desesperado em Buenos Aires.

Não entendo. Tem uns gringos que *não suportam* Piazzolla.

Às seis Bajarlía me esperava em sua oficina. O velhinho também é abogado. Sylvia, que não existe, é sua filha. Eu e ela na Plaza de Mayo. Eu de gola roulé. Ela de cachecol e cabelos compridos ao vento. Final de tarde, inverno na Recoleta.

Bajarlía me pagou uma Seven Up. E me deu um conselho: "Da próxima vez traga dois mil dólares". Falou e disse, Bajarlía.

Vou dar uma flanada por aí. Pitar um Gauloises y fazer um tipo, às dez tenho um encontro marcado com Sylvia imaginária, filha de Bajarlía.

Foi uma grande noite. Nos fodemos feito dois chimpanzés e, no dia seguinte, pedi um desayuno para nosotros: medias lunas, facturas y dos cafes con crema, por favor. Arriba, abajo. Sylvia estranhou minha fissura por Roberto Carlos. Aí tive que lhe explicar que se tratava de excentricidade, psicanálise, desejos inconfessáveis, cavalgaduras, infância psicodélica e... o quê mais? Ah, sim. Que um dia havia prometido para mim mesmo pedir um café-da-manhã para nós dois. Ela não entendeu. E me fez prometer outra noite de Sexo, Sax & Bandoneón. Eu sempre faço essas promessas... para as praças, estátuas, pro Roberto Carlos, para boi dormir, para não acabar com a minha vida. Tá legal, Syl. I promise.

Vou dar um basta no vampirismo. Já tô com o saco cheio dessas figurinhas espectrais. Que se danem Borges e

Macedonio. Sábato, Cortázar e toda morcegada daqui e de alhures. Tô de saco cheio do "trabajo penitencial del arte", de Leopoldo Marechal, da falta de grana e de coisinhas eternas, desta beatitude anunciada. De ouvir o maldito galo. E de não saber onde ele cantou. Sabe de uma coisa, Syl?

Sou um cretino a serviço da minha imaginação, inteligência ou coisa parecida. Assim, não dá. Ou, Fiat Lux. Ou... (?) Sabe de outra coisa, Syl?

Vai tomar no cu. Sei lá.

Você, turista. Esta é para você: vá ao "Parrila Al Carbon". Fica na calle Chile, defronte o hotel Canciller. Eu recomendo um bife de costilla, matambritos e chorizos, acompanhados, é claro, pelo vinho argentino. Depois vai dormir, turista.

Às cinco saí outra vez. Quando se é da turma do Gauloises a trilha sonora vem no embalo. Na Rivadavia veio "Lumière". Eu, Mulligan e Piazzolla. Na Telcahuano, outra balada, desta vez "Twenty Years Ago". Outro Gauloises Blondes. Acho que era Camus que vivia com esta porra de Gauloises dependurado na boca. Ele sabia das coisas. Eu apenas faço um tipo.

E havia prometido para mim mesmo dar um tempo no vampirismo. Na Bartolomé Mitre, não resisti. Angie. Ardiente de lenguita, viciosa y colita insaciable, meu amor vampira. Angie, meu anjo. Sin embargo. Só você e eu. Angie, hasta el fin. Angie, Diaba. Av. Corrientes, outro Gauloises. Carla, Monica, Cecilia (educadíssimas, lindas). Agatha. As putas daqui são ilustradas y hacen con guarda polvo y colita y sabem escolher uns nomezinhos legais. Enfim.

Amanhã vou traçar um Matambre de Cedro.

Calle Sarmiento, 2234.

Cecilia atende no 2234, 5º piso, departamento 52, elevador cinematográfico. Filme Noir, manja?

Calle Sarmiento, 825. É o seguinte:

Sellos-Grabados
BARÉS
fundada en 1883
Sellos de Polimeros — Chapas Profesionales
Abrochadoras — Art. de Embalajes
Cuños de Acero Grabados y Fichas Estampadas

Porra! Se o cara não fizer LITERATURA aqui, vai fazer ONDE??? No largo de Pinheiros? Então vou ser gauche no Lago de Pinheiros? Tá, então tá.

Até a bic dos caras é nostálgica, dilacerada. Aí anoiteceu e eu estava na 9 de Julio. Vi uma lua cheia dependurada no Céu. E me perguntei: pra quê? Os caras têm Cecilia, Agatha, Angie (ai, Angie), Cuños de Acero Grabados y Fichas Estampadas y mas allá de eso El Complejo Deportivo Futbol Cinco — Café-Bar, Indoor Soccer. S.R.L. Deus! Oh, Meu Deus! Pra quê lua cheia? Um Gauloises para desdenhar da lua de Buenos Aires.

Aqui, faço uma revelação. A misoginia foi canibalizada e reinventada na Argentina. Aí batizaram de Ultraísmo, Literatura Fantástica ou a porra que o valha. A dica me foi dada pelo velho Buk. Guimba de Gauloises não se apaga. A grande jogada é dar uma petelecada metafísica (anotei isso na calle Viamonte, 9).

Bukowski, em castelhano, é uma tesão empacada e/ou sin desarollo. A prova é "La Maquina de Follar". Eu sei, eu sei. Vão dizer que é lugar-comum. Não tô nem aí. Vou traduzir este título. A máquina de foder, embora não pareça, é fundamental para entender a canibalização misógina ocorrida nestas plagas e, mais ou menos, quer dizer o seguinte: "Como é Que Esses Gringos Se Reproduzem?". Um mistério. Eu, em princípio, meio e fim, fiquei absolutamente travado e não consegui sequer olhar para uma bunda aqui em Buenos Aires. Daí a misoginia, intrínseca.

Para mim, Borges não era completamente uma bichona. Acontece que nunca teve liberdade — ou não lhe teria sido conveniente? — de, em suma, olhar para uma bunda e dizer: "La Maquina de Follar". Esta é a chave do Ultraísmo. Simples, né? Dedo no cu. Misoginia. Foi H. P. Lovecraft quem começou isso tudo. "Seres gomosos y sin rostro"?

Pois bem.

Seriam tais seres "gomosos y sin rostro", dos pesadelos de Lovecraft, os lábios vaginais que tanto (e também) assombraram Borges?

Seriam estes seres "gomosos y sin rostro" que, nos arrabaldes da esfinge de Gizah, "praticavam 'execrables' rituales eróticos"? PUTAQUEPARIU!!!!!!!!

Sem cabotinismo. Então é Pavor de Muié? Não é?

Escrevem-se ensaios brilhantes. Ensejam-se Umbrais! Quanta veadagem: Azathot, Yog-Sothot, Myarlathotep, Al-Azif e o escambau. Todo um trem-fantasma.

Para quê, morcegada? As muié são gente finíssima. Eu não troco a paisagem de um belo traseiro por toda obra desse Lovecraft. Canoa furadíssima.

É isso aí, gringalhada. Ustedes me llevaron la plata. Yo llevo sus reputaciones. Buenos Aires até o Fim. Una Mezcla de "Close Your Eyes And Listen" con "Aires de Buenos Aires"/ Piazzolla e Mulligan (O CD é from U.S.A.).

Vamos lá.

Av. Rivadavia. Imagem desfocada/Carrossel ou Cinema?

Uísque. Dá sua mão. Vem, mas não olha pra mim. Um homem. Uma mulher. Ele, Bogart. Ela, toda de negro. Um circo de cores. Um circo de horrores. Eu amo você.

¿Quién?
Tchau, amor.
alegria, alegria (em espirais, sempre). Quer que eu faça uma mágica?
Viu, sou mágico. Alguém está me empurrando. Pra frente! Pra trás!
"la beauté...
est dans la rue"
Agora meu bem, O Show.
Um número de contorcionismo. Depois, o globo da morte. Vem fantasma, vem comigo. Micos. Micagem.
Irrupção que não é. Um atoleiro fodido.
Sax & Bandoneón
De novo, a avenida. Um homem. Uma mulher.

                               Confiteria Cosmos, Buenos Aires
                                    Viernes, 9 de julio de 1998

IV

para ler no shopping

OS NOIVOS

"O cu é a última cidadela do macho"
(Nilo de Oliveira)

(lugar primoroso para acabar com a vida, um lance genial esse do banheiro da praça de alimentação). O sacana deve ter planejado — junto com o dele — *meu empalamento sentimental*. Pobre Girardi, não tinha cacife para tanto. Nunca teve, muito embora eu admita a armadilha e o senso de humor implícitos em sua morbidez — basta juntar 30 reais em cupons e depositá-los nas urnas. Ou enfiá-los no cu, como fez g. g. Girardi com o cabo da vassoura — duvido que tivesse. Quando nos conhecemos ele era um verme. Aprendeu tudo comigo. Com efeito, não posso deixar de admirá-lo e reconhecê-lo impecável em seu último e eloqüente golpe baixo. Bom filho da puta, este g. g. Girardi. Gostaria de esquecê-lo e a nossa amizade.

Foi ele quem despertou o verme em mim. Quanto ao verme em que efetivamente transformou-se — com exceção do grand finale e depois de eu ter recebido a notícia do empalamento (ou melhor, auto-empalamento inédito!) e, em suma, depois de tê-lo identificado em nossos melhores momentos — este, o verme transformado, não me interessa. E, em sendo assim, talvez para defendê-lo, talvez para difamá-lo (sei lá, talvez nem precisasse...), ou talvez por saudades apenas, vou falar de g. g. Girardi e da nossa amizade.

* * *

Em 1990, g. g. Girardi era um lixo. Eu fazia minha parte: o enganava e, estou convencido, era muito mais feliz do que sou hoje. Girardi fazia a parte dele. Ou seja, ele me enganava. A mentira, além de forjar nosso mal-caratismo e falta de escrúpulos — também, e principalmente — era nosso alimento e combustível; graças a Girardi, eu tive a percepção da minha canalhice e o domínio sobre meus crimes e, quase que por uma extensão natural, a percepção e o domínio sobre ele, suas canalhices, seus crimes e suas fraquezas.

Eu adorava explorar as fraquezas de Girardi. O caso de sua predileção pelo Internacional de Porto Alegre é exemplar.

Girardi, garoto de programa, restringia sua clientela a torcedores colorados e a pequenos empresários putões do ramo de auto-peças. Daí a fraqueza. Em nada, longe de mim aliás, alguma coisa contra o Inter de Poá. Mas qual o problema de sair com pequenos empresários do ramo hortifruti? Ou com torcedores do Grêmio? Sob este aspecto ele era mesmo intransigente: "Não saio com gremista efeminado". Eu só poderia concluir (e sempre foi muito constrangedor para que eu chegasse a essas 'conclusões' forçado por Girardi e suas cretinices) que o blablablá de futebol e auto-peças não passava de um pretexto insosso para a veadagem e o lugar-comum tão festejados por Girardi e pelos machos que comiam a bunda dele. Ou que davam a bunda pra ele. Qual a diferença? "Ora!, Girardi. Futebol é coisa de putão!" — e eu provava que sim. Esses malabarismos sensatos, maldosos e óbvios da inteligência (minhas 'conclusões') ou "paranóia de rato da cidade" — como Girardi costumava dizer — o deixavam transtornado, transido de raiva e impotência. Um prato cheio para mim. Ele me acusava de desconhecer tradições gauchescas. Eu não estava nem aí pras tradições gauchescas. Ele gostava de dar o cu. Eu não estava nem aí pros machos que comiam a bunda dele e nem aí pro cu dele. Ótimo ou ridículo.

Isto é. Não desperdicei nem uma oportunidade para ser um canalha. Nem umazinha sequer. Esta confissão apenas agrava a coisa. Estou me sentindo duplamente canalha e duplamente ridículo. Eu desejo com sinceridade meus pêsames e alfafa àqueles que se purificam com a confissão. E não é só. Não obstante descalibrado e sentimental, eu poderia garantir que o arrependimento — por que a doçura?, afinal do que é que eu estou arrependido? — é uma licença poética. O canalha arrependido é um canalha poético. Tenho saudades daquele filho da puta.

g. g. Girardi sempre foi a noiva. Sinto falta, entre outras coisas, do deslumbramento vagabundo que ele (canalha!) fingia ter pelo meu gênio cínico e contraventor; o putão, com indisfarçável cara-de-pau, sugava minha alma, abastecia seu ego e, sem nenhuma cerimônia, ainda debochava: "é projeção, mestre!" — naturalmente não sabia do que falava. Eu, porém, o admirava com fervor e credulidade, assentia suas mesquinharias, gauchices, banalidades e insignificância. O que não o livra do meu ódio. O que não me livra das saudades.

Arquitetávamos patifarias e pequenos golpes. Quase sempre envolvendo microempresários do ramo hoteleiro, putas, travestis e cheques roubados. Eu lhe ensinava a apreciar bons vinhos e lhe recomendava a leitura dos franceses. Ele não desgrudava do chimarrão. Era metido a fazer churrascos, trazia cocaína das quebradas e a cada dia ficava mais parecido comigo. Grande filho da puta. Na realidade, afora a inveja e a raiva que um sentia pelo outro, compartilhávamos as mais sórdidas e repulsivas afinidades. Éramos — e sempre vai ser assim, embora eu tenha perdido muito dinheiro e um pouco do meu ódio (e ele tenha perdido a vida)

— sádicos (porque eu o ensinei), chantagistas, estelionatários e viciados em sexo anal. Girardi sempre me dizia que o homem sem vícios é um canalha. Eu lhe respondia que o homem com vícios é um canalha viciado. Esse tipo de coisa. Apreciávamos vitrines frigoríficas, putas melancólicas, haxixe também e, entre outros prazeres frugais, sempre uma carreirazinha de cocaína e o bandoneón de Piazzola. Nosso objetivo mais singelo (mais meu do que dele) e desafiador eram as coisas latentes da vida dos outros, tentar gostar, enfim, dessas coisas chamadas fidelidade e secretária eletrônica, papai-e-mamãe e samba no pé. Eu garanto que nos esforçávamos. No entanto, por mais sórdidos e cínicos, a sensação que eu tenho é a de que não passávamos de uns mafiosinhos de merda. Eu carregava a medalhinha de São Judas. Ele a de Santo Expedito. Carolas, no máximo canalhas pela metade.

Mas e daí? Como eu ia dizendo, Girardi era um projeto de verme, redundante e espalhafatoso. Eu me divertia com ele. A despeito de suas manias e da sua 'clientela' nunca deixei de escutá-lo com atenção e curiosidade, sobretudo quando o cafajeste — (usava bigodinho!) — descrevia suas putarias. Eu julgava aquilo tudo absurdamente honesto e antiético. Um deleite, afinal de contas, para minha alma debochada e filosófica. Isto é, até o limite sanitário. Uma coisa é deleitar-se com as extravagâncias da alma. Outra, completamente diferente, é chupar cus antes de comê-los — especialidade de Girardi. A idéia, até hoje, quase dez anos depois, me parece repulsiva e politicamente suspeita. A coisa toda, enfim, sempre me pareceu absurda e honesta, antiética e divertida, social-democrática-brasileira e repulsiva: como Girardi, aliás. Eu também me divertia quando ele manipulava facas e ameaçava decepar as tetas da mulherada. Os movimentos e a distância de Girardi. O labirinto tonitruante das almas. O círculo escroto que nunca se encerra. Ah, meu amigo.

Creio que, além de poético, sou um babaca melancólico. Quase honesto. Droga! Às vezes penso em Justiça! Girardi me dá engulhos!

Eu devia despertar nele os mesmos sentimentos. Um cara como ele — macho da fronteira, colorado, o diabo —, ainda que não admitisse nem sob tortura, devia ser um fã ardoroso de Airton e Lolita Rodrigues. E, como eu (ele não era menos escroto), deve ter sofrido calado com a morte de Pablo, o viado que fazia as dublagens no "Qual é a Música?", do Silvio Santos.

A tevê educa para o mal, estou convencido.

Outra coisa. As canchas de bocha e os amigos do pai dele remetiam aos meus antepassados mais distantes e tocadores de cabra no Sul da Itália. Não que as canchas de bocha necessariamente tenham alguma coisa a ver com as cabras da Sicília. Ou que o Norte da Itália tenha — nem fudendo, é bom que se diga — alguma coisa a ver com o Sul do Brasil. Não é isso.

O problema são as associações que eu faço. A coisa pega quando eu começo a fazer associações esdrúxulas e condescendentes comigo mesmo*. Aí sim, é foda. Em contrapartida, nunca tive, a despeito das lambanças e ameaças, um sobressalto sequer com o roteiro imaginário elaborado por g. g. Girardi. Nenhuma surpresa, nada diferente do enfado, do ódio e da compaixão. Girardi ensejava o purgatório em mim. Vá lá, tinha esse mérito. Creio, portanto, que é melhor tê-lo como verme imaginado, do que admitir — e reconhecê-lo — como o verme que ele foi na realidade: eu cha-

---

* Resolvi parte deste problema.

mo de idealização para boi dormir. Se eu tivesse no lugar dele teria me mandado pras merdas. Mas ele sabia vender seu pescado. Eu não sabia vender o meu. Hoje — (isso não tem explicação!) —, as palavras dele e sua figura empalada vestida de noivinha explodem na minha cabeça. Isso é ridículo.

Isso é uma veadagem. Mas deixa pra lá. Às vezes tenho vontade de ser peixe. Viver uma vida de plânctons, algas. Quiçá ser embrulhado num jornal escrito em ídiche. Às vezes fico de saco cheio dessa perspectiva subaquática e mando tudo pros infernos. O coração, como quis Carson McCullers, não é apenas um caçador solitário — é traidor, porco.

Quanto às idealizações dele, ao contrário dos meus obsessivos vaivéns, a coisa toda sempre foi muito divertida e estereotipada. Um exemplo. A gente comia putinhas em sociedade — era comum — e, de repente, no meio da sacanagem, Girardi dava um chega-pra-lá nas vagabundas. Então cruzava as pernas feito um Buda de camelô e vaticinava coisas assim: "Sai pra lá, sua Piranha! Antevejo dois gols de Rivarola, estamos fodidos!". Quando não incorporava Buda do largo 13, desancava a chorar, o babaca. Teatro Juca de Oliveira. Ou pior.

Bem. Hora dos elogios.

Em primeiro lugar sempre fomos científicos, premeditados e filhos da puta em nossos deboches e superioridade. Outra coisa. Inteligentes, antes de termos sido apenas geniais, e isso pressupunha, além de sangue frio, estética e o fogo dos infernos no abismo e na sublimação da nossa amizade, um controle diabólico de um em relação ao outro (ainda que Girardi não desconfiasse...).

Céticos e narcisistas, é claro. Especialistas em mapas astrais e engodos em geral. Eu me saciava fazendo o tipo gurumosquiteiro. Girardi fazia o contraponto, isto é, tinha vocação mesmo, talento e conhecimento para essas picaretagens. Aviava receitas esotéricas e ganhava um bom dinheiro dos trouxas que acreditavam nele. Dava pro pó, digamos. Um dia fiquei de saco cheio dos vedantas e dos incensos que empestiavam o apê. Acho que Girardi também encheu-se. Então acabamos com as picaretagens espirituais. Simples, encheu o saco. Mas que importância tem isso? Nenhuma. Uma vez que não tínhamos almas. Ou, conforme a clientela freak, éramos desalmados.

Tudo desculpa para trepar.

Uma curiosidade. Eu e Girardi compartilhávamos os mesmos mecanismos de associações esdrúxulas*. Eu usava esse treco para incrementar minhas punhetas e apostar na corrida de cavalos. Girardi, embora desalmado e deslumbrado do jeito que era, predizia o futuro, materializava bosta de gato e acreditava ser a terceira reencarnação do lama Drubtchok Guialwa Samdrup. O resultado: meus pangarés só me davam prejuízo. Um garoto da Vila Sônia foi reconhecido pelos lamas do Tibete como o verdadeiro Samdrup. E, invariavelmente, minhas punhetas acabavam com o dedo no cu. O mecanismo de associações consistia numa mistura de claustrofobia, interposição e estranhamentos. Ou seja, eu queria que fosse assim. Mas não era. E não foi. E nunca vai ser, nem fudendo.

A identidade deve ter alguma coisa com a circunferência. O cu é unissex. Eu prefiro molho ao sugo. Agora, Girardi empalado. Outra vez: maldito seja.

Outra vez, Girardi. Já estava na hora de eu enlouquecer. "Não conseguindo, e no fato de não conseguir é que está

---

* Eis a parte resolvida. Ou melhor, mal resolvida.

evidenciada a originalidade do imitador" — isto é Radiguet. Radiguet ditou "Bal du Comte d'Orgel" para Georges Auric na baía de Arcachon. Eu e Girardi freqüentávamos as putas e os travestis do Boqueirão.

* * *

Aconteceu que a falta de dinheiro ("nem tão esotérico assim") e a concomitante falta de originalidade dos putões... nos levaram (a mim, sobretudo) a cogitar em novas sacanagens e expropriações. E foi ótimo ter começado com Anelise, filha da zeladora. A menina devia ter uns doze anos. A mãe, desconfiada, passou a negligenciar a bunda pra gente. O que deixava a zeladora puta da vida era o fato de que não estávamos nem aí pra ela, nem aí pra filha dela. Ou por outra. Pelancuda — apelidamos a zeladora assim —, mãe da ninfeta Anelise (que foi devidamente estuprada por mim e por Girardi), fechou o cu, digamos, eticamente. Até aí beleuza. Quer dizer, até Diego aparecer na jogada. Outro filho da zeladora, dezesseis anos. Veadinho.

Eu e Girardi éramos conhecidos no edifício como "Os Dementes". Por causa do nosso grupo de MPB. Repertório sofisticado. Chico, Vinicius, Carlinhos Lyra. Nunca demos bandeira. Eu não quis comer o garoto. Girardi arrancou-lhe as pregas. O garoto tinha "insights" — (a mãe, naturalmente, não sabia o que eram "insights") — "Coisa de Veado, Pelancuda! Coisa de Veado!".

O efeito que essas esculhambações escrotas provocam no cérebro travado dessa gente analfabeta e carente que freqüenta Igrejas Quadrangulares e programas sensacionalistas na televisão é, para dizer o mínimo, devastador. Ou ainda. Eu votei pro Celsinho Russomano. Girardi votou no Afanázio. A zeladora foi à loucura.

"insight" é coisa de veado!

"A culpa é sua Pelancuda! A culpa da veadagem do seu filho, é Sua!" Enquanto isso Girardi fazia o trabalho sujo. E o veadinho tinha "insights".

Até que encheu meu saco. À época eu estava interessado numas massagens eróticas recém-lançadas no mercado de putarias. Uma coisa meio oriental e completamente picareta. Todavia um lance bastante tesudo e recompensador. Só para se ter uma idéia, feitas as ressalvas e dados os descontos, uma sessão de "massagem tântrica" equivalia, por baixo, a um mês de cu da zeladora e dos cus dos seus filhos. Algumas cafungadas com as massagistas. Aí eu gastava o dinheiro de Girardi. E gastava o dinheiro de quem quer que fosse.

Então dispensei a zeladora. Ela me acusou de "não honrar os compromissos". Mas que compromissos, porra? Cus? Honra? Até pra cus tem essas coisas?

Acho que sim. Bateu a inhaca de West Point na zeladora. Acho que é nesses lugares — cus e academias militares — que esses valores de merda, enfim, se fundamentam e são cagados em cima da gente. Fiz justiça comigo mesmo. E, nesse caso especialmente, tenho orgulho de ter feito justiça por omissão. O tipo da coisa que nunca havia experimentado. Taí, gostei. O arrependimento é uma licença poética — eu já disse isso. Girardi apaixonou-se pelo garoto.

Vou reproduzir nossa última festa. Talvez para jogar um pouco mais de merda no ventilador. Talvez porque sinto saudades. Sei lá.

À festinha, pois.

— Você se importa que eu registre, g. g.?

— Seu grande filho da puta! — (registra, registra...).

Mas não registrei porra nenhuma. A mim só me interessava o clima travado, canalha. Cinema de autor.

— Tem uma câmera por aí (Girardi e o garoto estavam convencidos que sim).

O garoto chegou vestido de noiva, produzido pela mãe. A noiva era coisa do meu ódio e necessidade. Girardi teve uma surpresa? Não sei, talvez. Ora, não me interessa! Eu queria a noiva! A noiva era minha — excluindo o tênis 'fashion' da bichinha —, poderia ter sido minha mulherzinha!

— Aqui está, Girardi. A noiva!

Entreguei na bandeja. Um erro crasso! Tentei consertar:

— Girardi, meu velho. Tive uma idéia: vamos romper nossa amizade. Temporariamente, digamos. Até você devolver minha noivinha.

— Eu sou dele! — gritou a bicha.

Girardi deu-lhe um beijo na boca. A única coisa que me aborrecia era a posição de mediador. Coisa chatíssima relevar os méritos da noiva. Eu me cuidei sob este aspecto. Também não manipulei giletes e torniquetes, gaze. Queria usar o casal, apenas usá-los.

— E aí, Girardi?

Imaginei que Girardi reagiria com um delicioso deboche. Ele sabia de metade das minhas intenções e, graças à minha engenhoca, tinha medo, um medo reverencial e muito oportuno, é bom que se diga.

— E então, g. g.? Posso registrar?

— Seu filho da puta! — filma!, filma!

— Sabe de uma coisa, putão?

— diz.

— A carga de esperma devia ser controlada de acordo com o saldo da balança comercial...

Enfim. Era o tipo da coisa, essa bobageira-diálogo, mais freqüente para reafirmar nosso conluio e impressionar "a vítima" — como se estivéssemos falando noutro idioma — do que para ilustrar nossa demência ou travar conhecimentos que não tínhamos a respeito de determinado assunto. Às vezes acertávamos no alvo:

— As lembranças são os juros que pagamos às nossas almas mortas — gostaria que Girardi tivesse falado isso aí.

(em homenagem à Jane Bowles).

Girardi, vestido de sushiman, queria minha aprovação. ela/ele (a noiva) havia manicurado mãos e pés. ela/ele não se mexia.

— Bate — eu disse.

Girardi acertou-lhe uma porrada.

— Agora beija na boca — dessa vez ordenei.

ela/ele deu sinais de que iria desembuchar. Falou alguma coisa. Eu interrompi imediatamente:

— Cala a boca, bichinha!

Girardi manipulava machadinhas, alicates, facas, estiletes — o diabo — e fazia ameaças. Eu já estava ficando de saco cheio.

— de perfil não tem nada a ver — comentou Girardi.

De fato, Girardi estava certo. Decidimos que ela/ele iria coordenar festinhas num buffet infantil.

— Culpa nossa, Girardi! — (culpa nossa, sempre, sempre).

No entanto a noivinha havia depilado as coxas.

— Depilada, hein?

— Foi minha mãe — (levantou o vestido).

Estava de pau duro, o saco liso e rosado. Girardi caiu de boca. Não me interessei pela chupeta. A noiva parecia resignada. E disse:

— Tem um shopping de noivas na av. Santo Amaro.

Girardi ali, chupando.

Tive uma ereção. Enfiei no cu de Girardi. A noiva gozou na boca. Eu gozei na bunda do putão.

— Onde? Onde é? — (suspeitei do Borba Gato).

Girardi começou seu discurso. Só discursava com a boca cheia de esperma. Os bons discursos geralmente são assim. Cícero, Peixoto Gomide, André Rebouças esquina com Faria Lima, os grandes oradores, todos, sempre tiveram a boca cheia de esperma. ela/ele não entendia parábolas, de modo que Girardi teve que — irritante, irritante — mudar os assuntos para que a noiva pudesse associar alhos com bugalhos que, bem verdade, absolutamente não me interessavam. Eu estava certo. O shopping ficava mesmo defronte o Borba Gato. E assim, de sobressalto em sobressalto, de ameaça em ameaça, compreendi que havíamos, eu, Girardi e o garoto, combinado alguma coisa para dali a nove ou dez anos.

Eu não fui. Girardi compareceu empalado. O garoto não pôde ir. O pai de ela/ele, sargento aposentado do exército e responsável pelo filho, chegou atrasado — me parece que sim. A aposentadoria do exército não dava pras despesas. Vivia de bicos e, vez por outra, aparecia no edifício para roubar o dinheiro da zeladora, espancá-la e — dizem — estuprar Anelise e dar uns conselhos para o veadinho. O sargento tinha outra família. Outros filhos e filhas que trabalhavam em escritórios de contabilidade, vendiam seguros e se fodiam uns aos outros. Ou coisa parecida. Tanto faz.

... merda, e saudades.

Só para resumir. Com a morte de Girardi retomei meu caso de cu com a zeladora. Matei o sargentão. E, antes de acabar com a minha vida, quero dar uma volta no Shopping das Noivas com Anelise, Pelancuda e o garoto (virou pastor da Universal do Reino do Edir, continua tendo "insights"). A gente vai comer um sushi na Praça de Alimentação. Olhar umas vitrines e, de repente, sei lá, comprar em até seis vezes sem juros um lindo vestido para o meu funeral. É isso.

TRÊS CASOS ORDINÁRIOS

O primeiro caso foi um teste. Eu fiz um teste e só depois compreendi o porquê do gosto amargo no final do céu da boca, quando a gente faz sexo oral — eu falo por mim mesmo e pelas mulheres experimentadas ao longo destes três casos ordinários.

Eu não vou falar em sexo oral. Obrigatoriamente, não.

As macumbas, estas sim, escondidas atrás do espelho da penteadeira, suscitavam gargalhadas rasteiras e, entre outros estupores, as minhas lembranças de menino rico, cujas imagens eram, por assim dizer, arremedos notáveis e intrigantes de uma infância claustrofóbica e talentosa e, portanto, mais do que imagens recorrentes e danações infantis, acontecia de o menino rico (eu sei o que estou dizendo) ser levado por si mesmo e sobretudo por suas lembranças pérfidas e tesudas, crédulo sim e de fato 'pertencido' aos anos de 1972 e 1973, isto é, eu conto mais com a posse do menino em mim mesmo do que com as imagens confusas advindas dos quartinhos de empregadas domésticas, é evidente que sim!, estou falando do erotismo mal-ajambrado na cabeça de uma criança, das tinturas e alisadores Marú, catinga de xoxota, talvez guimbas manchadas de batom ou o cheiro forte dos defumadores que ela, a putinha, usava na macumba e, justiça seja feita, hoje é um alívio para mim dizer "não, absolutamente... eu não creio na gravidade das penteadeiras"; ou por outra, assim é que eu soube o que eram as macumbas, especialmente garrafas de Sidra Ceresér, pezinhos de galinha e crianças ricas e branquelas sumariamente expurgadas do contexto, alguém havia deixado uma cueca suja de cocô junto às garrafas vazias de "champanha", a propósito, aqui vai uma dica: é por aí que vão acontecer os três casos ordinários; eu posso dizer, por enquanto, que o primeiro é um caso de submissão mal resolvida e de macumba, outro de amizade e o terceiro de vingança e de desvario, eu posso adiantar igualmente que sempre tem uma 'inhaca' escondida atrás de um gesto de obsequiosidade, festinha de pobre educado, baré-cola e uma inveja mal disfarçada (... sofá-cama despedaçado para a gente sentar), enfim, eu odeio gente humilde por causa desta impostura de "é feito em casa, é limpinho".

Ela me pediu "cinqüentão". Eu quis negociar e quase levo uma facada do protetor da moça. Ela pensou que eu não vi. Do jeito que ela fazia as coisas somente uma boa mandinga para segurá-la, a putinha macumbeira. Eu digo que o rufião acabou com as delícias do meu tempo "retrouvé" e que mergulhamos de chofre na encenação de uma barrela pra lá de Plínio Marcos. Daí é que vem meu desejo de chutar as macumbas. Daí é que vêm as gratuidades e a minha embirração com as chinelas de dedo.

Ele era metido a usar suíças e freqüentar impunemente "o circuito", tinha o corpo perfurado pelos gritos hediondos da noite, estou exagerando mas é verdade, e uma danação impraticável através da qual, eu imagino, alcançava a ascese dos infernos depois de manipular os caralhos de borracha (ou "acessórios", como ele preferia chamar). É válido, igualmente, citar o elenco hediondo de suas falanges tatuadas e o estrago causado pelas músicas que os embalavam, ele e a putinha, eu diria mais pelo ritmo cretino da "construção civil" — assim eu chamei a música — do que pelas drogas que consumiam com voracidade; outra coisa, ele trazia consigo aquela 'inhaca' a que me referi há pouco (só que virado no cão), vindo de um arrabalde sórdido em busca de uma "ponta de estoque e/ou identidade" e de dinheiro é claro, depilava os cabelos do peito e usava botas de caubói, e ainda mais, eu poderia citar a veadagem que o cobiçava, a noite de onde veio, a academia de musculação que freqüentava, até chegar, finalmente, aos limites daquele pequenino cérebro, ou seja, ao desejo impossível, aí eu suspeito da tal "ponta de estoque e/ou identidade", de querer ser um cara "bem de vida" — exatamente como eu? — foi o que ele disse. Ele odiou eu ter chamado sua música de "construção civil". Ele quis me matar quando eu chamei seus "acessórios" de caralhos de borracha.

E outra coisa. Vila Élia deve ser um lugarzinho fodido para se viver.

Quer dizer, a despeito do sonho suburbano de querer ser "bem de vida", as coisas continuavam do mesmo jeito, eu continuava tremendo nas bases e ele continuava sendo o mesmo lixão, agora completamente desorientado, vindo, como eu já disse, de um arrabalde sórdido feito de concursos de poesia, academias de ginástica, oficinas mecânicas, informações esdrúxulas, desejos ineptos e macumba, muita macumba deixada na minha praia.

Acho que foi assassinado, eu prefiro assim. Ele e a putinha também 'mexiam' com roupas de 'grife' e, outra vez, caralhos de borracha, e me parece que reservavam um final-de-semana por mês para a prática do ciclismo nas montanhas, em suma, eu acho que foi isso o que ouvi enquanto esperava por um desfecho mais romântico preso no banheirinho da kitchenette... merda, eu poderia ter sido um terrorista zapatista ou quiçá um pequeno empresário honesto a explodir pelos ares, de modo que, além de uma boa reputação, ainda deixaria uma viúva de óculos escuros, um sócio metido a garanhão, dois filhos gordinhos e quatorze ou quinze empregados vingados (de vez em quando é uma delícia ver um pequeno empresário explodindo pelos ares)... ou coisa assim, sei lá, não obstante eu estava nas mãos daqueles dois putos-macumbeiros, ela se transformou em pomba-gira e ele no cão dos infernos, é isso aí, eles 'mexiam' com aquelas coisas largadas na praia.

De antemão, sem querer chutar virgens e entoar o mesmo cântico dos meganhas da Universal do Reino do Edir, eu desejo — e ao Edir, evidentemente em dobro — que todos eles, rufiões e macumbeiros, fundamentalistas e gente humilde em geral, hare krishnas e DJ's andróginos, xiitas e a xoxota daquela macumbeirazinha em particular, judeus ortodoxos e os carecas do ABC, todos, absolutamente todos, sem exceção, se melequem e explodam pelos ares. Que Deus exploda junto, fodam-se. A propósito me ocorrem as facilidades e a acomodação do autor de "Tieta do Agreste". E a macumba bem amarrada que afinal ele é. De modo que eu fico muito à vontade para desejar igualmente os meus votos de escárnio e deboche a sua retórica e a seus orixás comprometidos, somente aos comprometidos (porque eu morro de medo dessas 'porcarias' deixadas na praia). Ou por outra: tirante a macumba sou mais Zé Sarney. Ao menos ele é um bom cronista. E Roseane é uma gata!

Quanto ao gângster, não o escritor facilitado, mas aquele de suíças recém-transformado no cão, ele ainda me ameaçava.

A bem dizer eu esperava mais sexo oral no primeiro caso. Inventei uma história confusa para enganar Clarice e

Alice. Clarice minha esposa. Alice minha cunhada..., enfim, às tantas, depois de inúmeras e vãs tentativas de negociação, ficou acertado, porque eu não tinha um puto no bolso, de ele esperar "cinco minutinhos" na padaria defronte minha casa... (uma curiosidade: era a segunda vez que me ocorria a "Pirâmide Luminosa" — a padaria — como alternativa poética...).

Bem, se dentro de "cinco minutinhos" — foi o prazo que lhe roguei — eu não estivesse com cinqüenta mangotes lá na Pirâmide, ele iria entrar e detonar minha casinha. Foi o que ele disse:

— Eu entro e detono. Você não se garante? (então...)

Eu não me garantia de jeito nenhum. Procurei fazê-lo entender que sempre fui meio bunda mole etc.

— Você tem cinco minutos.

Ele queria "o dele". Eu estava feliz da vida por ter passado no primeiro teste. Um termo legal é "amanteigado". Era feito "misse" em concurso de beleza. Assim, eu em estado de manteiga.

No segundo caso tive que pagar a vadia que ficou com Moisés. A minha, a nº 2, absorveu a camisinha que eu usava, eu penso que a buceta da nº 2 mastigava de boca aberta. Fiz um cheque sem fundos, o cheque era roubado e pelo nome da titular, uma tal de Ediléia, as chances de não ter dinheiro na conta eram as mesmas. Eu adoro ser arbitrário.

O terceiro caso aconteceu na sexta-feira da semana passada. No início eu estava certo de que a gata do "Scorpion's Club" era Alice, minha cunhada. Então eu quis chantageá-la. Eu já duvidava de mim mesmo e havia me rebatizado Juvenil. Outra vez faltou dinheiro. Desta vez Moisés ficou na boate como garantia. No primeiro caso eu havia me esquecido de falar na perna acidentada da putinha e de como consegui enganar, embora amanteigado, o rufião e as meninas lá de casa. Também é importante lembrar que Moisés continua me devendo a grana do segundo caso. No terceiro caso, enquanto eu e ela, eu mais pressionado do que ela, procurávamos um caixa 24 horas nas imediações do "Scorpion's Club", ela, a putinha nº 3, quis puxar assunto.

Eu não queria falar nada e como sempre acontece fiquei apaixonado. Então eu quis saber das sacanagens (sempre eu quero saber das sacanagens...), das aberrações dos fregueses e das tesões que eventualmente ela sentia, e é bom sublinhar o fato de que foi ela quem insistiu "na conversa" e que evidentemente ela estava em desvantagem — eu tenho isto sempre comigo, e faço questão de avisar antes de o jogo esquentar —, nem é preciso dizer que sempre levo a melhor no embate das especulações e da cachorrice, ela me pediu uma grana indecente, e era uma tesão, parecidíssima com Alice! Moisés roubou o cartão de crédito do caso nº 3. Eu roubei o cheque do caso nº 2. Caixa 24 horas, uma ficção. A bem dizer Moisés mereceu ficar de refém na zona.

Eu tive que negar três vezes "a minha doçura". Comigo o que vale é aquele ímpeto quase que fanático, fodido mesmo, escancarado e impraticável pela verdade. É um pesadelo, não tem nada de "a sua doçura" — como as putinhas insistem — e não poderia ser de outro jeito.

Ela sim era doce, dulcíssima.

Sua história carregava em si elementos comuns a uma dona de casa enrustida. De dia "fazia supermercado, banco e a escola das crianças". E de noite, com a mesma diligência e autoridade, "ainda arrumava um tempinho" para promover sessões de tortura e bacanais sadomasoquistas num prostíbulo terceirizado, vale dizer, além dos suplícios medievais, a sua "clientela" ainda dispunha de um pet-shop, uma loja de surf e de um restaurante vegetariano, portanto nenhuma surpresa, desde a volúpia em fiscalizar o prazo de validade dos queijos argentinos, passando pela fome incestuosa projetada no avental do açougueiro (a coisa das compensações: pais-e-açougueiros, sexo-e-dor, cães inteligentes-e-surfistas etc-e-tal) até chegar aos livros infantis, sobretudo estes últimos, para mim, a mais veemente forma de encurralar uma dona-de-casa, sem sobressaltos. É o que acontece, não tem como escapar. Eu falo por mim. Eu falo por ela.

"Alice no País das Maravilhas" foi uma das experiências mais hediondas da minha infância — e eu não sabia disso! Lewis Carrol poderia ser o pai incestuoso. Ou o rufião do primeiro caso. Eu não vejo diferenças. É tão fácil comprar tomates na feira: "ir até as últimas conseqüências" — e comprar tomates, é do que eu falo. Digamos que eu tenho como princípio a facilidade das coisas, não pelo esclarecimento debilóide ou pelo lugar-comum, é evidente. Digamos que eu corro os riscos que um Lewis Carrol jamais imaginaria correr. Tampouco um Monteiro Lobato — que tal "irmos até as últimas conseqüências"? —, em seus momentos mais reacionários, poderia rechaçar e/ou imaginar tais riscos.

"Você não acha, minha querida?"

Eu não vou dizer que todas as crianças são iguais. Mas o que dizer do crescimento dos seus mamilos no meio dos meus dentes?

Ela gostou. Eu não vou falar em amor. Eu não vou falar em sexo. Eu não vou falar em mordidas. Eu posso dizer que fico lisongeadíssimo quando me acusam de egoísta, pedante, desvairado, mentiroso e bunda mole.

É a liberdade que eu consigo. De escolher entre a vida e a morte de uma puta engraçadinha. Do meu jeito.

Ela sabia fazer o preço, valorizar a bucetinha. A minha intenção era aquela mesma. Eu queria usá-la. Eu queria comprometê-la. Só que do jeito dela. Ou seja, assim como alguém que verifica o prazo de validade de um queijo argentino.

Eu não me lembro se ela me acusou de louco ou de demente. Eu nem aí.

Ela pedia clemência. Eu nem aí. Ela me chamou de covarde.

Eu adorei. Ela disse que tinha uma filha para criar. Eu acrescentei: "filha da puta, não é?".

Eu digo que foi ela quem começou. Ela que veio com aquele blablablá e depois pediu uma fortuna pela buceta. Ainda me lembro que tripudiei da cor de sua pele. Acho que ela me acusou de racista. Eu não estava nem aí.

O que eu seria sem o meu ódio generalizado? Sem o meu amor? O que seria dela se eu tivesse o dinheiro que ela me pediu? Uma coisa é certa. Supermercados não são os lugares mais adequados para donas de casa extravasarem suas libidos: estou, é claro, me referindo ao prazo de validade dos queijos argentinos... e sempre é bom lembrar que temos que ficar atentos para os déficits acumulados da nossa balança comercial, é só isso.

Ah! Agora me lembrei! Foi de demente! Ela me chamou de demente!

Às vezes me acho inteligente. Às vezes me acho insuportável. Para mim é tudo uma questão de boa vontade. Suponhamos que eu tivesse boa vontade com ela. Ela teria boa vontade comigo; mais do que ela poderia contar com a própria vida.

O jogo estava nas mãos dela. Comigo somente a tarefa de juntar as coisas. Ou mudá-las de lugar. Foi o que fiz quando transformei de uma só vez a minha demência, o meu racismo, a minha fúria ou sei lá mais o quê, em misericórdia, será que foi em misericórdia? Bem, foi divertido. A vida. A morte. E as coisas acontecendo do meu jeito.

De modo que eu já havia contabilizado a situação, isto é, os xingamentos todos, nossos filhos, o dedo no cu, as perguntas do delegado, a reunião de pais e mestres, o corpo dela em decomposição, o vovô, a vovó, enfim, todas as bobagens eu já havia contabilizado.

"Sabe, minha lagartixa. Eu prefiro me conter, parece que consegui sua alma."

Ela pensou que eu estava entregando o jogo. Muito pelo contrário. Ela foi devorada. A palavra insuportável não existe. Ela disse que não queria meu amor. Outras palavras estão fora do lugar, não é assim?

BASTA UM VERNIZ PARA SER FELIZ

O que eu gosto nele é a vida minúscula e bem-sucedida que leva. O medo de mostrar o rabo, sujar a gravata. Duarte jamais vai cagar em cima do bolo de aniversário. É do tipo que freqüenta sauna finlandesa às terças-feiras e reputa uma 'personalidade vitoriosa' por conta e obra da colônia importada que usa depois da barba: "gasto mil dólares por mês com a educação das crianças", para ele a vida é um barbear rente, hipócrita e macio, "outros tantos em Pet-shop, treinador"; e tudo, desde o nome (ou marca, tanto faz) do "Colégio" das crianças até a conta do veterinário, absolutamente tudo, poderíamos incluir plano de saúde e câncer no cu, é uma sinopse deste sentimento comprado de vitória e frescura depois da barba. Duarte é um babaca.

O melhor é que me empresta dinheiro. Fica todo Pimpão quando lhe peço *dinheiro* — e empresta, o babaca. O mérito é meu, tenho talento pressas coisas. A mulher dele é baixinha e tem as tetas grandes. Eu e ele parecemos irmãos (nossa bunda é grande). Qualquer dia chupo as tetas dela. O babaca confia em mim. Eles são rotarianos. Um dia chamei ela num canto e disse: "você gosta de mulher, não gosta?".

O problema é que ela não tem coragem de enfiar o dedo no cu dele: "Enfia! Enfia Que Vai Salvar Seu Casamento!". O casamento deles tá em crise. Eu vivo falando para ela enfiar o dedo no cu dele. Mas ela não tem coragem.

Ela tem raiva da filha. E protege o veadinho do filho.

Casou na Capela de São José. O padre disse: "Você, fulana de tal, baixinha das tetas grandes, promete (...) na alegria e na tristeza e etc. enfiar o dedo no cu dele quando for necessário...?".

— Eu prometo — (ela prometeu, eu tava lá e ouvi). Eu ouvi, sim. Blota Jr. foi padrinho.

Mas ela não tem coragem. Às vezes peço dinheiro para ela e o babaca nem fica sabendo. Ainda chupo aqueles peitões.

"Enfia! Enfia Que Vai Salvar Seu Casamento!"

Ela tem uma loja de "Conveniência" na Gabriel Monteiro, perto da Brunella. Ele é executivo da Ultrafértil (e, pelo jeito, deve roubar). A loja é a cara deles. Outro dia fomos ao Karaoquê.

Eu sou um cara simpático. Capaz de cantar "Feelings" inteirinha e desafinar no momento adequado somente para agradá-los. Não me envolvo em polêmicas, nem fudendo. Quando solicitado lanço mão do meu repertório 'excêntrico e divertido' e até sou um pouco efeminado sob este aspecto e, entre outras coisas, faço questão de ressaltar a importância do pensamento positivo, de sonegar impostos e de estar sempre com o corpinho malhado; minha falsa modéstia, em conluio, digamos assim, com a civilidade de direita, bom-mocismo, aversão disfarçada por nordestinos e demais babaquices para consumo da classe média alta (isso não tem explicação, mas eu faturo, e faturo em cima), tem o poder de aplacar a conscienciazinha pesada do casal Duarte e ainda por cima ensejar uma atmosfera "night and day" para boi dormir. Uso de má-fé e cores modernas.

Aos domingos uso mocassim apache, bermuda da 'Fórum' e camiseta pólo. Também tenho algumas frases de efeito em inglês e francês. Além de pronúncia e desconhecimento impecáveis em ambos os idiomas. Basta um verniz para ser feliz. Meu veneno é sempre "em off". Tudo isso com graça, leveza e comprometimento. Tudo isso para não pagar a conta dos restaurantes. Odeio sushi e até que fico original quando admito isso em público. Sou o tipo do alcoviteiro, filho da puta, puxa-saco e ótima companhia. Um "entertainment", como dizem por aí.

Geralmente depois do sushi o casal Duarte vai para casa tentar um foda. Ela pensando na Marilise. E ele dá cinco, seis ou no máximo sete bombadas, e goza. Aí vira para o lado do abajur, solta uns peidos e dorme. Ela tem vontade de assassiná-lo e sente uma nostalgia furiosa do grelo da Marilise. Mas os desejos de grelo e de assassiná-lo logo são sufocados junto com seus peidos de mulher não soltados e acumulados durante dezoito anos dentro da alma. Sempre a mesma coisa. Os dois usam pijama de seda. Alma é um treco que fede.

Uso de cerimônia com Duarte. Faz a cabecinha dele. Eu não me arrisco. A coisa é calculada. Com ela já dá para falar umas baixarias. O brasão do pijama deles foi confeccionado sob minha orientação. Presente de quinze anos de casamento. Duas piadas. O casamento deles. E o brasão. Só eu sei que por detrás dos archotes, disfarçado no meio daqueles elmos, penachos e heráldica da puta que pariu, tem um macaco sacana faturando a bunda de um leão chamado George. É o brasão da família Duarte.

Com ela. Ou com ele. Ou com "o casal" que é uma invenção deles, sou falso de qualquer jeito. Eles gostam, e me emprestam dinheiro. Eu com ele:

— Escuta, Duarte, — (pego no braço dele e desempenho o bookmaker ao pé-do-ouvido) — nós somos amigos faz um bom tempo. Você sabe que pode confiar em mim... não sabe?

— claro, claro, quanto é que você precisa?

Eu com ela:

— Enfia! Enfia Que Ele Vai Gostar!

— Você prefere em cheque ou em dinheiro?

Em dinheiro, sempre. Ela não tem coragem. Ele vira pro lado do abajur, solta uns peidos e dorme. Os filhos deles, Thiago e Fernanda, me chamam de tio. Thiago tem dezessete. Fernandinha, quinze anos.

O garoto é bicha e quer fazer ESPM. A menina é uma biscate. Eles me chamam de "tio", os cínicos. O uísque da casa deles é dos bons. A empregada é de confiança. Eu batizei o cachorro de Elton John. Êta familiazinha de merda! Eu me dou muitíssimo bem com todos eles. Eles me adoram. Eu os odeio.

— Sabia que sua mãe não suporta você, Fernandinha?

Aí o arremedo de piranha chora. Se descabela, e eu lhe dou uns conselhos:

— Mas eu falo com ela, vai se divertir que eu garanto.

— Jura, tio?

Juro, é claro que eu juro. A mãe se queixa da filha. Eu digo para não se preocupar com a piranha:

— Fernandinha é um anjo.

Puta Que Pariu! A mãe prefere o Thiaguinho! Duarte não quer nem saber. E faz muito bem. Quando mãe e filha brigam eu aproveito para pedir mais dinheiro. Quero que se fodam. Aí a mulher do Duarte descobriu a pólvora:

— Ele tem um amante. Um homem!

— Eu não disse pra Você Enfiar o Dedo no Cu Dele?

— E agora, meu Deus! E agora?

— Pede um Honda Civic pra ele. Ele adora você. E você adora o Duarte, não é assim?

Aí eu falei que a família dela era maravilhosa. Recomendei o grelo da Marilise e...

— Não vai ser um Macho Que Come a Bunda do Duarte que vai mudar alguma coisa na vida de vocês... etc.

Dois beijinhos. Ela vai dar uma recauchutada nas tetas. Um veado quer fazer ESPM. Outro veado provavelmente vai pagar a conta. Uma putinha desperdiçada na família. Uma encoxada na empregada de confiança. Um pontapé no Elton John (é praxe). E, em suma, vou faturar uma grana preta com toda essa bandalha. Ao fundo pessoal do buffet, barulho de louça, talheres. Hoje tem festa no apartamento dos Duarte. O endereço é dr. Mario Ferraz, 56, ap. 91, quase esquina com a Tucumã. Pertinho da Bell's Beach. É fácil chegar lá. Basta enfiar o dedo no cu de alguém. Ou enfiá-lo no próprio rabo, e não olhar para trás. Um pouco de vaselina. Outro tanto de verniz para ser feliz.

A FACA E O GARFO E O PRATO VAZIO

Eu tenho lá minhas idiossincrasias e divertimentos — e méritos, ora essa! — e não me considero necessariamente cínico e inverossímil. Até pensei em me apaixonar.

Foi assim que a perdi. Um pouco por cinismo e outro tanto por inverossimilhança. E porque ela sucumbiu afinal de contas.

Entretanto a vi depois de cinco meses, inchada, precisando de mim. Tem amor nessa visão. Tem plânctons também, e aquário. Ela com a mão na barriga, contando os dias. Ontem eu não tive gás para me apaixonar. Às vezes acontece por cinismo e negligência. Às vezes não. Sei lá. Tava pensando em arriscar uma leveza. Não é tempo de disparates. Não é tempo disso.

"Tô indo na quarta-feira. Quer ir comigo?"

Um prato vazio. A faca de um lado. Do outro lado o garfo. Claudinha empenhada em arrumar a mesa, "deixar com cara de lar", fazer a coisa como manda o figurino. "Vamos pro chuveiro, amor?"

Comprei um revólver. E um título familiar no Clube de Campo do Rancho da Pamonha/Rodovia Raposo Tavares, km 40, antes do Motel Libidu's.

Ela esperando neném, neném, neném.

Claudia Matheus Pugliesi, a Claudinha. Um prato vazio. A faca de um lado. Do outro lado o garfo. Orquídeas. Jardim Botânico, estufa. Ela estava naqueles dias estranhos — férteis, subaquáticos. Um montão de líquidos, coalhada.

eu queria foder.

Claudinha é alta e usa "Keds". O importante é que pisa para fora e de vez em quando abre os olhos na hora de beijar. Tem hálito de cheesetos e mamilos intumescidos cheios de leite tipo "A". Uma Jérsei.

Nosso primeiro desentendimento foi quando eu lhe disse que foder não é nenhuma montanha-russa, pra ela deixar de fazer caretas subversivas. Ela não entendeu. Ofendeu-se e desconfiou — embora nem desconfiasse — que eu era um monstro. Na verdade foi pelo seguinte. Eu me recusei a chupar a buceta dela, disse pra ela esquecer: "Não tenho amor para tanto". E também falei que a gorda da televisão não fodia com ninguém, e se fodesse devia pagar, portanto aquilo tudo era fingimento, recalque e vingança de mulher gorda metida a boa gente e... "cala a boca, idiota!"; além disso, dei uma opção pra Claudinha: "Ou você pára com esse negócio de 'sou sua puta, me come', ou te processo, vou aos tribunais!". Mas logo em seguida fiquei com tesão e aí pedi pra ela fazer "um espaguete alho e óleo e a gente vai pro chuveiro e eu chupo sua maldita buceta tá bom assim?". Aí ela não quis.

Aí ela quis. Se era esse o problema, problema resolvido.

Eu chupo, eu chupo. "Mas você vai ter que enfiar a língua no meu cu." Claudinha, a idiota. Teve um ataque quando a obriguei — o nome disso é malabarismo —, sob a mira do revólver, a meter a língua lá dentro. "Enfia tudo, senão te mato." Ela fez o serviço. E até que fez a coisa 'direitinha'.

E garantiu que me odiava, tinha nojo de mim. Óleo de

Amêndoas. Supositório de Voltaren pras hemorróidas. Claudinha acreditava em horóscopo.

Eu mudava de signo conforme minha necessidade.

Eu tava numa boa. Apenas não tava a fim de chupar a mesma buceta todo santo dia. O casal tem que se adaptar. O marido à esposa. A esposa tem que se adaptar ao marido. Não é assim?

Claudinha via culpa, castigo, a gorda toda tarde e as novelas da televisão. Eu proibi a visita de suas amigas. Usava o revólver para isso também.

Tudo legal. Tudo uma merda. Eu odiava quando ela ia pro microondas "fazer" lasanha. Censurava suas estrias, o hálito. Censurava suas unhas micosadas: "porra!, você ainda *pinta* esse negócio?". Usava as calcinhas dela.

Esculhambava, reprimia pra valer. Sobretudo a gravidez da infeliz. Enjoei. Não a fodia, nem olhava praquele bucetão. Às vezes ela me chamava de "papai".

— Da minha infância lembro da gritaria e das porradas. E de algumas cores e objetos redondos, losangos de vez em quando e da escolinha para débeis mentais em que fui matriculado. Ouviu?, fui MATRICULADO. Muito conveniente, não é? É isso o que você quer pro nosso filho?

Ela tremia, morria de medo.

Eu gostava de dar uns sustos na imbecil. Não bastava ser maledicente, premeditado e filho da puta, de modo que eu arrepiava na canalhice e na mais pura e cristalina expressão da verdade: "O que eu quero é chupar grelo de japonesa, tá sabendo?". Ouvir Chopin, falar em prepúcios e cosmogonia. "Você sabe o que é cosmogonia?" Ela chorava. E eu pensava comigo mesmo: "Tolices. Como é que essa cretina se deixa levar por tolices?". E investia nisso: "Vale que eu tenho talento pressas coisas de enlouquecer os outros". A pança dela crescia.

"Tô de olho, Claudinha. O dia que você trouxer incenso pra casa... reviro sua xoxota com a espátula de fazer bife, acabo com sua raça!" O tipo da coisa que eu falava para infernizá-la. Ela dependia de mim. Ela dependia da criança. Ela somente não dependia dela mesma porque ficou completamente maluca. Além disso a criança nasceu prematura. E, logo em seguida, morreu choca na incubadora. "Quer dizer que você cagou nosso filho?"

Claudinha arrumou a mesa com empenho e delicadeza. Um prato vazio. A faca de um lado. Do outro lado o garfo. Eu estava de aniversário: "Quem senta na cabeceira paga a conta! Quem senta na cabeceira paga a conta!". Escolhi balões de ar negros; eu mesmo os enchi, um por um — até onde dava. A trilha sonora ficou por conta de Wagner, "Parsifal" me pareceu adequada. Contratei um mágico. Tudo muito previsível, fiz de propósito. O título do Clube de Campo vendi para pagar o enterro da criança. "E o revólver, Claudinha? O que eu faço com o revólver?" Ela na outra extremidade da mesa, imóvel e olhando para o prato vazio (somente este prato vazio entre nós, e o mágico que nos observava). Claudinha disse que estava sem fome. Pensei em estourar os miolos. "O que é que você acha, meu bem?" Ela esboçou um sorriso, desabotoou a blusa e tirou uma de suas tetas do sutiã, e disse: "mata o mágico". Mandei ela guardar a tetinha e não achei uma boa idéia. Talvez use o revólver de enfeite, ainda não decidi.

V

florianópolis (e paisagens?)

SOL, CHURROS E CRIANÇAS FELIZES

O dia amanheceu meio bêbado. Um horizonte de nuvens carregadas bordejava sobre o horizonte semicerrado e inexpressivo de todos os dias, ambos parecidos com o sossego das minhas almas mortas, às vezes a gente entra nessa e o céu, as nuvens, e a pqp fazem o mesmo jogo (sujo, é bom que se diga).

O mar também, calmo e mal azulado, pedindo Engov para agitar umas marolas. Um dia inteiro para fazer a faxina no dia anterior. Cadeiras em cima das mesas e cascos de cerveja boiando no céu. E o que é pior. Estou apaixonado.

Desta vez, porém, a coisa está na horizontal, entre o cinza-escuro do horizonte de cima e o azul (meio que porta-voz do governo) bunda mole do horizonte de baixo. Sinceramente, não sei o que fazer.

Sol? É evidente que sim.

Atrás das nuvens. Apenas uma observação. Do jeito que a coisa vai (atrás das nuvens) meu receio é virar despenseiro de aves e mergulhões, atração dos passarinhos, curiosidade. Meu receio é descobrir meu corpo místico (e usufruí-lo!), inspirar e respirar, acompanhar os fluxos de idas e vindas. Meu receio é aflorar umas veadagens e o dom da cura em mim, levitar sem constrangimentos. Meu receio são os orgasmos cosmogônicos e o artesanato em si. Sei lá, do jeito que vai, acabo virando um pé de maracujá.

Tive reparando no sorriso dos beatos, dos iluminados

e dos penitentes em geral, todos eles, sem exceção, um bando de cínicos. Já que é para escolher, prefiro Assis Chateaubriand a dom Paulo Evaristo Arns.

Ah, Que se fodam Chatô e dom Paulo.

Ontem eu não quis comer uma negrinha. Sou o tipo de cara que sempre escolhe a fila mais demorada. Minha tesão por cabeleireiras, produtos da linha Marú e manicures em particular vem de antes do meu nascimento. O inferno é a Hebe Camargo de lingerie, estou convicto. Transferir responsabilidades, para mim, é tão natural quanto meu desejo de surrar alguém logo de manhã ou arrancar sangue da minha gengiva (sou obcecado por escovações e defendo a pena de morte em caso de merda alheia boiando na privada). Tenho uma antipatia especial por gente que usa pijama. Considero uma babaquice o teatro que as companhias aéreas fazem em torno da própria e simplória atividade. Quanto ao meu caráter, creio que sou voluntarioso e autodestrutivo — embora eu tire lá minhas casquinhas e amiúde até consiga auferir um lucrinho com isso —, vale dizer, sou ligeiramente esquizofrênico e irremediavelmente encanado e, ademais, tenho tesão por/e nos mamilos (e pela palavra "mamilos"), preguiça. Sinusite. Hemorróidas. Coceiras etc. etc. Sou humano e sei disso porque sinto frio na alma e todas essas coisas aí. Às vezes sou apaixonado. Às vezes apenas negligente.

Amanhã outra vez. Um dia. O dia seguinte. Fazer café é um acontecimento para mim, ir ao supermercado, comprar jornais. Às vezes paro no meio da punheta. Acho que gastei minha libido. Ontem foi a mesma coisa. Amanhã não vai ser diferente. O pior de tudo é que eu sou um forte. Quero Ver Brotar Um Par de Asas Brancas do Meu Caralho!

Outra coisa. Tenho que providenciar o conserto da tevê. Dar uma emburrecida é pressuposto para ter algumas iluminações. Quem é que vai querer a maçã do amor?

Ainda vou implementar uma varredura nos cinco sentidos e substituí-los por coisas mais oportunas. O que mais? Paisagens? Personagens?

Acho que não. São assombrações, conjecturas, solidão e desespero, colóquios infernais e sextetos dionisíacos comigo mesmo, praças impossíveis e também um certo regozijo, vingança e punição, descontentamento e doçura, inflexões e grandiloqüência, irrupção e mais uma dose de uísque, velocidade, tamanho e peso, quase nada de sobrenatural ou deliberadamente tomado, angústia, grito, ódio, urgência e preguiça, independência e impotência, sofreguidão e onomatopéias, peidos e palavrões, gargalhadas e guinchos, eflúvios e entraves, sobressaltos e mesquinharias, quase não há tiros, um pouco da minha mãe, um pouco do meu pai e uma geografia sem mapas, bujão de gás e contas para pagar, vontade de ter uma filha.

1972. Sempre 1972. Ilha Porchat e um vagão descarrilado, ignorância e orgulho, compaixão e misericórdia, arte antes do artista, muito deboche e picaretagem, esquecimentos e vaivéns, pastel de feira e minha avó no aeroporto Kennedy, saudades e nostalgia, amarelo e cor-de-laranja, nescafé, neblina.

São três e quinze da tarde e acabou. Assim é que vou desaparecendo, embora desassombrado e irascível, cada vez menor, cada dia mais cedo, sem você.

Um epitáfio: Da vida, levo os sonhos.

Outro: Foda-se.

Uma pergunta: por onde andará o Maestro Záccaro?

E uma lista de filhos da puta:

1º O carteiro que não apareceu;

2º A mulher da lavanderia que recusou minhas cuecas;

3º O papel higiênico que acabou;

4º Toda corja de mentirosos, canalhas (além de filhos da puta). Que se diziam meus amigos e não compareceram no meu linchamento.

Se o horror da paixão tivesse prevalecido, hoje, é certo, eu estaria — na melhor das hipóteses — enterrado. As almas penaram madrugada adentro. E a noite girou em torno do mar. Mas amanheceu.

O sol promete um dia de churros e crianças felizes... há meses, apesar dos meus entraves e mesquinharias, eu esperava por um momento como este, sem carteiros, mulheres e sem divagações, apenas solidão e o calor do sol.

Foi no Cemitério São Paulo. Ouvi — ou teria imaginado? — o diálogo dos mortos. Que tem tudo a ver com Luciano de Samósata, mas aí é outra história...

Uma curiosidade. Eu sempre tive uma vaga, reverente e descuidada distância da obra de Dostoiévski. Vaga e descuidada ao mesmo tempo. Reverente por despeito, falta de interesse e nem um pouco de curiosidade. Vale a mesma coisa para o empurra-empurra no Ibirapuera. Ou para o prédio do Masp, na Paulista. Ótimo.

Acontece que, depois de cento e cinqüenta anos, eu tive a mesma idéia de Dostoiévski. Só que ele teve saco de escrever os diálogos em seu "Diário de um Escritor". Por Helena de Tróia! É o que faço! Ouço os mortos! Os mesmos mortos de sempre, escrevo e reescrevo o mesmo e interminável diálogo, ou diário, sei lá. Um dia vou descansar. Vai ser num dia de sol. Vai ser num dia de churros e crianças felizes.

Bem. É quase noite. Passei a tarde dormindo. Ou melhor, suicidei a bela tarde de sol, churros e crianças felizes. Para quem não sabe (cabe generosidade aqui?) dormir é a forma ajustada de entregar os pontos e o suicídio não vem do tempo matado às custas de uísque e lexotan, mas do tempo da espera, cujo tempo suicidado, morto em si mesmo, não tem fim. Odeio cães.

De qualquer forma amanheceu. Outra vez.

GUIA SENTIMENTAL DA ILHA

Havia me esquecido da Marli. É a melhor chupeta da Ilha, eu recomendo. Quem estiver a fim é só procurar nos classificados de putaria do *Diário Catarinense*... O anúncio dela destoa, é literário. Boteco do Chico, embora tenha fechado, é o melhor trivial, às terças-feiras. Fica na Felipe Schmidt, defronte às Lojas Americanas. Tem o bar do diabão, na praia do Santinho.

Café é no Ponto Chic, que eu prefiro chamar de Senadinho (Felipe Schmidt com Trajano). Agora, uma correção. Cometi grande injustiça com o "Sebo da Ilha". Foi numa entrevista que Marcelo Paiva fez comigo, eu estava meio puto com outras coisas e acabou sobrando pro "Sebo". Basta dizer que encontrei o *Abacaxi* do Reinaldo Moraes lá, no "Sebo da Ilha". E os outros. Nabokov, João Antonio, Montale, Melville, Shaw, um livrinho do Cony chamado "Autobiografia Precoce da Empada Que Matou o Guarda" etc. Falando no Marcelo, é o tipo de cara que podia ter sido meu amigo na escola. Apenas uma coisa, Paivinha.

Isso aqui não é uma tentativa de inventar uma mitologia pessoal. Kerouac deu essa colher de chá pros amigos dele. Boas almas não garantem a entrada de ninguém no reino dos infernos. Boas intenções, sim. Não estou tratando nem de uma coisa. Nem de outra. Eu só quero dizer que não passei da segunda página de *Ulysses*. *Dubliners*, até meu sobrinho de 7 anos já leu. Para comer uns petiscos e beliscar uma bundinha imaginária, tem que ir ao Mercado e, ao contrário do que todos pensam, o melhor boteco é o "Da Ilha", que fica logo na entrada. Qualquer coisa que se faça na Lagoa da Conceição, tá bem feito. E a paisagem justifica. Cleópatra vende pão de queijo na Lagoa. Cris é a princesa.

Eu sou o sapo da lagoa.

Tem a cachorrada cagando na paisagem. Odeio cães. Nunca vou cansar de repetir: cachorro é bicho pagodeiro, merdalhão. Gatos, ao contrário, tem alma. Ana C. era gata. Clarice, Silvia Plath. Almas, almas de gatos.

Paisagem é merda alheia. Nunca foi tão fácil acreditar na paisagem. Ou na merda alheia, tanto faz. Florianópolis é também um pedaço de terra cercado por canastrões argentinos, veados em metamorfose e lésbicas (muito mais lésbicas), maconheiros e drogados em geral, freaks, tem o pessoal do Greenpeace e os surfistas que dão apoio logístico (...?). Um pedaço de terra cercado por uma cachorrada infernal latindo por todos os lados. A galera vota no PT e transa um reggae, inclusive e principalmente os surfistas e os cachorros. Ninguém tem escritura. Uma legião de mochileiros, músicos, místicos.

A Ilha não afunda. Dizem que Saint-Exupéry sobrevoou esta porra de Ilha do cacete. Taí. Tá explicado. É o motivo pelo qual as manequins-modelo-e-atrizes nascem por aqui, burras e vaticinadas já faz um bom tempo. O cara, o tal de Exupéry, era mesmo um escritor-aviador-e-urubu.

Todo mundo pede carona. Uma legião (outra legião) de mochileiros, músicos, místicos. A bem dizer, uma canalhada perdida no tempo e no espaço, refluxo de surubas

inconscientes, ressaca braba (talvez rua purpurina, começo dos oitenta...). Blue?
De jeito nenhum.
fodidos, fudidos.
Tem a contrapartida. O pessoal jeca, branquelo e semianalfabeto que vem do continente e vota no PPB. McDonald's é o aeroporto desta classe média fossilizada em si mesma. Eu penso que a Ilha não afunda. Podem me chamar de reacionário, demente, heterossexual, sofista de meia-tigela, infeliz, careta etc. (para mim é elogio, principalmente o "demente", que eu adoro). Mas não me falem em amor! Por Deus! O pessoal da contrapartida, idem. Os manezinhos ("cultura açoreana" é a puta que pariu!) que embolam o meio de campo, idem, idem.

Tô de saco cheio deste lugar. Tô a fim de cair fora! A vista dos altos da praia Mole é a mais bela. Tem a feijoada lotérica no Rio Vermelho, onde acabam os paralelepípedos e começa o asfalto. O lugar é cheio de moscas, mas a feijoada, se o cara der sorte, compensa. Trocadilho não é crime. O que mais?

Vejamos. Venta muito. É vento Sul, vento Noroeste, vento que sopra daqui, vento que sopra dali, todo mundo entende de vento (menos eu), vento que venta do continente, vento que sopra do oceano; enfim, venta para caralho e venta de todos os lados, para mim, com exceção da lestada que levou Cleópatra, vento é vento.

Catso! Eu moro numa Ilha! A geografia é que está dentro da gente. Só que fica do lado de fora. Eu vou falar de alguns lugares. Primeiro, a praia da Joaquina. Que é o lugar ideal para sodomizar uma surf-girl (à noite, é evidente. E dentro do carro, de preferência). O segundo lugar, en passant, é Jurerê, eu digo "en passant" uma vez que o lugar só existe na cabeça dos corretores de imóveis e na cabeça daquelas ratazanas brancas que andam de Jet-Ski e frequentam o McDonald's. Jurerê Internacional é redundância. O terceiro lugar, que não conheço, é Santo Antônio de Lisboa. Campeche fica do outro lado da Ilha, longe para caralho. Eu imagino ventos hediondos por aquelas bandas. Cães. Surfistas. Músicos, místicos...

E, obrigatoriamente, av. Beira Mar. Que é gostar de si mesmo ao volante. O trânsito flui e mar é mar em qualquer circunstância (até com surfista dentro), tem as barbies e a mulherada em geral, desfilando/correndo e flanando no calçadão. Tudo bem, tudo legal. Mas tem a cilada. Que fica do outro lado da Avenida. A saber, o presídio e o Palácio do Governo. A freqüência de ambos é constrangedora. São praticamente vizinhos. E tem os prédios adjacentes: melancólicos, irrecuperáveis, quase sombrios não fosse o lado de cá. É melhor, creio que sim, olhar para o oceano e fingir que os canalhas são os outros e que moram noutra ilha. Em todo caso eu recomendo as barbies da Beira Mar; elas têm aquela catinga de loura característica, são branquelas na alma também, invariavelmente peruas e quase sempre interesseiras. Ou por outra: dependendo do seu carro, grosso modo, são boas fodas. O que mais?

Ah, sim. praia do Santinho é um deserto de almas. Canasvieiras é a Província do "Choclo Hervido", fica nas Malvinas. Ponta das Canas, idem. Lagoinha do Leste é legal (apenas isso). A praia Brava — dizem — foi comprada pelo Guga. praia Mole é coisa de surfista. E tem o resto da Ilha, que não me interessa.

Ontem vi cinema. O que é diferente de ir ao cinema. Sob a ponte Hercílio Luz, quando a maré é baixa, tem uma prainha encardida, pedras pichadas e três garotos puxando fumo. Ou melhor, dois garotos e uma negrinha.

A menina dança pros dois. Se a ponte. Ou se as pedras

pichadas tirassem o time de campo, como os garotos e a negrinha fizeram depois que a maré subiu... bem, aí não dava para falar em cinema. No continente, do outro lado, armazéns, cooperativas, entrepostos...

Nenhum vento, calmaria. Antonioni, como sempre.

A garota senta-se ao lado do garoto que está com a camiseta do Avaí. Eles discutem. Um gorro molhado — que passa de um garoto para o outro (parece que sim) — é o motivo da briga. Então a negrinha desce das pedras e, contrariada, aboleta-se numa frincha entre a praia suja e onde começam as pedras. Ela se encolhe até sumir na paisagem. Os garotos puxam fumo — agora, mais calmos.

Um pequeno congestionamento na Beira Mar. Dá pra ouvir um Carro de Som fazendo campanha prum candidato que promete mudar a vida da gente.

É quase noite. Meus demônios me deixam por alguns instantes e vão queimar um baseado. Logo depois eles voltam, antiliterários, cinematográficos, apiedados de mim. Quase misericordiosos. Como quando a gente sai do cinema e demora um pouco para entrar na realidade.

Chove. Faz frio, venta.

Aqui na Ilha tem umas sílfides tatuadas que vez por outra aparecem e desaparecem da neblina. Também tem bruxas carentes que andam de fusca, anjos da guarda escapados do Jardim Zélia (que fica em Itapevi-SP), sítios arqueológicos, antropomorfos, flautistas lésbicas tem demais, uma uruguaia que me suscitou um talhe assustador e familiar, e gente pedindo carona. Meu carteiro (é uma licença poética chamá-lo "meu carteiro") é anjo também, só que ele não sabe.

É melhor não avisá-lo e esperar pelas cartas. Qualquer telefone público na avenida das Rendeiras é um ótimo pretexto para se fazer uma ligação-vingança contra a paisagem paulistana: "E aí, cambada? Tudo legal?". Às vezes tem meu ódio. Às vezes peço misericórdia de frente para o mar. Falta uma rede na varanda. Falta coragem para envenenar a cachorrada. Eu espero. Às vezes não dá. De noite faço salsichas com molho de tomate. Ando viciado em Nescafé e não quero morrer nesse lugar.

CLEÓPATRA VENDE PÃO DE QUEIJO

Vento Oeste é aquele que destelha, arranca, faz estragos. Vento Leste é o que vem do oceano e traz chuva, coisa rápida. Também é conhecido como lestada. Tem mais alguns ventos, que esqueci. Cleópatra se foi com a lestada. Qualquer hora me lembro do nome dos outros ventos.

Eu prefiro me calar a respeito da morte dela no final.

às três da tarde, portanto dez minutos antes do horário de sempre, a barca partiu com Cleópatra em direção à Costa da Lagoa. Eu fiquei no Cais (feito João Bosco, que tem mania de Cais). Vento Leste. Desta vez não foi difícil identificá-lo, ou seja, quando a chuva vem junto e leva a alma da gente não fica outra opção diferente do vento Leste, uma vez que no lugar da alma, a lestada (é assim que se chama) nos deixa um vazio submarino, vontade de ser peixe ornamental... enfiar o dedo no cu, comprar à prestação etc.

Venta para caralho nessa Ilha. Eu tenho dois tipos de memória para lembrar de Cleópatra. A primeira, até meio que óbvia, é a egípcia. Que é a memória dos apaixonados. E a outra é a memória do caralho. A primeira é contemplativa, ecológica e irrealizável. A segunda é tudo isso e inclui alcatra, contra-filé, paleta, os pistões e respectivos vaivéns e, por excelência, é masculina. A primeira não tem espaço para acontecer, ocasionalmente pode acontecer no Cais. A segunda acontece no caralho — especialmente na fricção da glande e nos extremos do bom uso do prepúcio; coisa séria, é assim que consigo lembrar de Cleópatra, a outra, a depravada.

Ela, metida a mística, dizia que eu era um cavalo de fogo possuído pelas forças da terra e iluminado pelas chamas do inferno (eu achava isso bonito), sei lá, eu sei que dá saudade e, quando me lembro das nossas fodas sincronizadas, o que me ocorre, ao contrário das viagens místicas da Cléo, é uma nostalgia fodida de aquário, vontade de ser peixe ornamental, viver da ração de farinha de ossos que o japonês da rua Fradique Coutinho vende a preços módicos.

Ela tinha. Ou se não tinha, deveria ter. Uma coleção hedionda de beija-flores e borboletas escarlates (afora os gênios do ar da mitologia céltica) tatuados bem onde termina o tronco e começa a curva da bundinha, foi lá, na bochecha da bunda do lado direito que, assim de supetão, os tais gênios insurgiram-se contra mim e contra eles mesmos. Então batizei o cu da Cléo de "Cu Místico".

Crepitações. Carteados Geniais. Crepúsculos e Eternidades. Justaposição e Deboche. Ou Cleópatra, a galinha. Chegada numa sodomia e nos orgasmos bandidos, chupadeira rematada, ninfomaníaca dos meus sonhos, eu parnasiano e ela atrevida (... fdp), paixão de macaco.

Cleozinha me forçava umas delicadezas que não tinham nada a ver comigo. Ou pelo menos não faziam parte do meu cotidiano torpe e confuso. Acho que era por delicadeza que eu gostava dela. Não podia dar certo. Tem uns caras aí que perdem a vida por delicadeza.

Eu e Ela no Terraço.

Fiz dois Nescafés. Aí fomos para o terraço da minha bela casa de praia. E, por alguns minutos, ficamos calados.

Isso depois da foda — de mãos dadas, olhando para o mar. Me sentia um babaca. Achei que Cleópatra também devia sentir a mesma coisa. Quando fiz este comentário, enfim, de que éramos dois babacas de frente para o mar, ela ficou puta da vida. Me odiou. E foi embora. Não teve jeito. Daí terminei meu Nescafé sozinho, babaca e de frente para o mar.

"Herbie, eu te amo." Cai neve. Ao fundo meia dúzia de gatos pingados sobre patins. Central Park, inverno de 1972. Cleópatra morre no final. Ela é a mocinha Love Story. Enfim, depois a solidão.

E o fogo, sempre. Eu teria um imenso prazer em atear fogo nesta minha bela casa de praia com vista para o mar (sempre uma casa de praia sendo consumida pelo fogo). Um prazer formidável — maior do que meu amor por Cleópatra — em ver o fogo consumir minha bela casa de praia... Ah, Cleópatra. O fogo.

Eu e Ela na Pizzaria.

Cleópatra tinha o costume de pegar no meu pau por debaixo da mesa. Eu acho mesmo que tem que ser assim. O problema é que Cleozinha levava as coisas na base extrema do "desencanado". Eu fazia lá minhas ressalvas:

"O que me dá tesão em você é o que *não desejo*. Quero dizer o seguinte: será que dá para usá-la? Quando e do jeito que eu quiser? A gente (é claro! vale para você também) apenas precisa afinar tesão e circunstância, uma boa mistura que no final das contas é a mesma coisa do que falar em amor. Ou amor ideal. Ou seja. Eu preferiria não vê-la abrindo os dedos dos pés para se espreguiçar. Outra coisa: aos sábados, quando eu gosto de comer minha feijoada lotérica, você também poderia me evitar e aos meus peidos. Evitaríamos os assuntos sexo e política. Assim estaríamos livres para foder e votar em terceiros. Ou o contrário, tanto faz. Uma e outra besteira. Que tal? O que você pensa disso, meu amor?"

Feitas as ressalvas eu posso dizer que Cleozinha nunca soube distinguir uma conversa de um caralho. Às vezes ela estabelecia colóquios com minha pica. Até hoje eu não faço a menor idéia sobre o que tratavam e as conclusões a que chegavam. Cleópatra era uma apaixonada.

Cínica para o sexo. Cretina para a vida. Um rinoceronte nas entrelinhas. Não era difícil enganá-la com uma história engraçada. Acho que ela não era a mulher possível.

Ou era? Um pouco nariguda.

Outra coisa. Ela tinha um jeito de quem se fodia de verde e amarelo por minha causa. A meu ver, ela só teria que me ser grata. Talvez porque lhe faltasse inteligência para o mal. Talvez porque eu merecesse sua gratidão. Ela vendia pão de queijo.

Tinha estrias. E uns peitões debochados. Cheirava bem. Era divertida e gostava de pizza de mussarela. Eu também gostava. Cleópatra tinha uma alma legal.

Buceta apertadinha.

Ela era a mulher possível. Só isso.

Eu e Ela na Alcova.

Cleópatra, adúltera de primeira viagem (quando da traição a Júlio César), mordia travesseiros e fazia exigências: "Põe no cu! Põe no cu!".

Caprichava nas confissões: "Me fode! Vai, me fode! Sou uma cadela! Eu não presto!".

Difícil entender a associação que ela, "Cleópatra, a Rainha do Egito", fazia entre o cu e a presunção de que "não prestava" somente porque queria levar *no cu*.

Fazer o quê? Mistérios de uma Rainha.

Eu e Ela. O dia amanhecendo.

Cléo, depois de me acordar, cuidava do café. Ela era uma Cleópatra com espinhas no rosto. É que ela vendia pão de queijo e sua renda não permitia banhos de esperma. Apesar do frio, minha Cleópatra usava (sempre, um sacrifício pelo autor) um camisetão do Avaí sem nada por baixo. Cabelos negros, cremes à base de cenoura e peitinhos divertidos toda santa manhã: "Acorda, Herbie".

Ela me chamava de "Herbie, o fusca". No começo eu necessariamente desconfiava e achava a comparação sem graça. Mas depois, pela maneira como Cleozinha se entregava — em falsete, logo na primeira sílaba —, passei a aceitar aquilo tudo de muito bom grado.

Mas nada de sexo com a televisão ligada.

Cleópatra discutia a contratação do jardineiro em cima da cama, em pé mesmo, olhos nos olhos. Em riste. Era vidrada em cães. E eu, naturalmente, infernizava a vida dela dizendo que cachorro só servia para cagar na paisagem. Que era bicho confiado, pagodeiro e merdalhão. Que a cachorrada escolhia sempre os piores amigos, não tinha compostura e trepava em público. A partir daí eu arquitetava teses mirabolantes e ainda desancava Manoel de Barros, que ela tanto amava. Os meus trunfos eram Cortázar, Clarice, Hugo Khouri e seus filmes com alma de gato. Então ela caía de pernas cruzadas, coxas grossas e segurando o dedão do pé.

— Sabe, Cléo, gosto do seu jeito. Sobretudo do seu joelho dobrado, faz lembrar o joelho gordinho de "Thaís, a empacada".

— Sabe, Herbie. Fica quietinho. Sobretudo me dá um beijo.

Aí ela me beijava com gosto de café egípcio.

Nenhum vento. Eu lá no Cais, pelado; lembrando de Cleópatra e dos gênios do ar e dos beija-flores hediondos tatuados em sua bunda, dos seus pés, gengiva e lábios escuros. O sol devia ter nascido há duas ou três horas, eu me recordo (isso foi antes das escamas cobrirem meu corpo) de ter procurado Cleópatra novamente e de não achá-la. Apertei bem os olhos. Tomei a linha do horizonte como contraponto e contei poucos centímetros do sol logo acima do mar. Nada de Cleópatra. Nenhum vento. Então acendi um cigarro e me espreguicei. Um pouco adiando a tragédia. Um pouco dizendo "bom dia".

VI

outras mulheres

PEPÊ, UM CARA LEGAL

Pedro Perdido é mongolóide. Não é desses que são mongolóides por incompetência ou porque é mais fácil viajar para Miami, acumular dinheiro: ganhar a vida assim; ele é porque nasceu com a síndrome de Down. Pepê é um cara legal, suspenso por cordéis invisíveis feitos à base de resina de fios de ovos. Não é difícil pois encontrá-lo, varrendo as nuvens ou estatelado, comendo o chão — o problema é da resina (a mesma que dá liga para as asas dos anjos). O apelido "Pepê" é uma tentativa carinhosa de resgatá-lo dos céus e de trazê-lo de volta para sua vida de mongolóide na terra. Outro dia pegaram Pepê chupando o caralhinho do filho da manicure. Imediatamente o recrutei para capinar meu terreno. Ele é um cara legal. Um excelente profissional que, ao contrário dos outros peões, costuma trabalhar com carrinho de mão, rastelo (ou "ancinho": ele é que me deu esta opção) e enxada. Os outros trazem apenas um facão na algibeira, amontoam os cadáveres do mato num canto do terreno, não têm a mínima "bienséance" no tocante às preferências musicais e, geralmente, caem fora putos da vida com minhas exigências e dandices de proprietário infernizado de um terreno e de uma bela casa de praia com vista para o mar. E depois o preço de Pepê é imbatível. Evidentemente não se trata de defender o desempenho do "mongolóide ao piano" e nem tampouco de elogiar a inteligência do Pepê como quem elogia, por exemplo, um cachorro que torce pro Flamengo e anda de skate. Nada disso. É que o serviço dele é limpo, bem executado e barato.

Eu gosto dos mongolóides. Tem dona-de-casa que sente nojo, desconfiança, uma compaixão que já vem com o carnê da Apae e de qualquer maneira é bom evitar o contato que isso aí pode pegar na gente. Eu prefiro comer cocô de louco. Eu sou pela vida sexual dos mongolóides. Oh, Deus! Eu sou pela impunidade, pela ignorância. Isso todavia não quer dizer que meus cagalhões não tenham seu valor e também não quer dizer que impunidade tenha alguma coisa a ver com "dar um desconto" porque o cara é mongolóide e não sabe o que *faz*: o nome disso é má-fé, canalhice (eugenia de pechincheiro...), uma vez que a TESÃO da Apae é a mesmíssima e indissociada TESÃO do Carrefour, cujos USOS e ABUSOS — tanto por parte do senhor bigode quanto do mongolóide — são, para dizer o mínimo, imprescindíveis; seja para fazer compras (ou filhinhos lindos e saudáveis), seja para chupar caralhinhos (ou capinar belos terrenos de praia com vista para o mar) etc. etc.

Às vezes dá zebra, né bem?

A impunidade é aquela do desatino. Da tesão desenfreada em estado paradisíaco. Ou alguém duvida que Eva e Adão eram mongolóides? O castigo de Deus foi dar um bigode pro Adão e um cartão de crédito pra Eva.

Aqui me permito um parêntese. É sobre autismo.

Um privilégio. Quase a santidade via inframasturbação. O egoísmo em estado de graça. Embora às vezes pendular e aborrecido, metido a superdotado e a usar óculos, é meu sonho. Ainda chego lá. A vida sexual dos autistas deve ser legal. Em todo caso defendo o sexo desatinado para eles também. E os beatos, e os santos e os iluminados e os penitentes que não trepam... que se fodam alhures.

Só queria ver a cara da mãe que flagrou Pepê chupando o caralhinho do seu filhote. Isso deve dar um puta trauma. Incensar paixões, despertar íncubos, serpentes, jacarés e lagartixas furiosas. De repente o chupado vira pastor apocalíptico da Igreja Quadrangular. A mãe entra prum grupo da Amway. Ou o chupado vira publicitário, Gerente de Posto de Gasolina...

— Cê chupa pica, Pepê?

— Ahãããee.

O inferno é a Hebe Camargo de lingerie. O céu (será mesmo o céu?), imagino, já não prescinde de almas crédulas e liga de minhoca. Os hambúrgueres do McDonald's — diz a lenda —, estes sim, jamais existiriam se não fossem as almas desavisadas e a tal de liga de minhoca. Falando nisso, me ocorreu a famigerada classe média (da qual participo apenas e tão somente na hora de pedir pizza pelo telefone). Daí para o purgatório é um pulo. Quero apostar que tem franquia do McDonald's no purgatório. Aliás, purgatório é lugar de classe média por excelência. A meu ver, o sujeito que tem uma alma esclarecida, ou vai direto pro céu, ou vai direto pro inferno, sem escalas. Urge pois a questão: o que fazer com os caralhinhos não chupados (filhos dessa gente que acumula bônus, almoça no por quilo e participa de promoções imperdíveis)? O quê fazer?

Ora, Chupá-los! Servi-los como antepastos de suruba, oferecê-los junto com os canapés de solidariedade para a malucada da Apae se esbaldar!

Não existe justiça social (e espiritual) diferente disso. A incapacidade mental é só um jeito de redimir que dá fiasco. Pepê cobra vinte reais.

O que é menos da metade do preço que os outros peões

negligentes costumam cobrar. Ainda está incluída a chupeta neste preço. Vai ser divertido. O medo que eu tenho é do Pepê arrancar minha pica numa mordida...

Outra coisa. Pepê ganha roupa, pasta de dente, pega ônibus de graça, quase todo mundo gosta dele e, de vez em quando, ele ainda descola um caralhinho para chupar. O nome disso é bom senso.

Como é que será que foi a jogada com o filho da manicure? De qualquer maneira não foi a primeira vez. Eu fiquei sabendo que há pouco tempo flagraram Pepê chupando o caralhinho do filho da cabeleireira. Ele tem um fraco por salão de beleza. Eu compreendo. Apanhou feito um judas, depois trancaram ele no hospício e injetaram salitre pelo cu dele, coitado. Pepê é um cara legal. Não merecia, eu gosto dele.

— Pepê?
— Ahãããaee.
— Se eu der meu pau pra você chupar...
— EêEêêê!!!
— Você tem que chupar. Não pode morder, tá bem?
— Êba!
— Então chupa.

Sei lá. Eu sou pelo prazer sexual dos mongolóides. Uma causa. Eu nunca tive uma causa para defender. Taí! Vou defender o prazer sexual dos mongolóides. Depois vou me engajar na campanha das baleias. Entrar pruma ONG, participar de congressos, seminários.

— Ai, Pepê.

Um breve comentário. É sobre a classe média espiritual.

Os jantares beneficentes dos rotarys e lions da vida só não são mais esdrúxulos, broxantes, nazistas e dementes do que essa classe média espiritual metida com passes, ectoplasmas, curandeirismo, Chico Xavier e a dar cobertores para os pobres & fudidos. O mais nefasto — e o que é indesculpável — é que existe aí a contrapartida. Ou seja, de um lado a necessidade de receber cobertores, do outro, o céu pra canalhada; o júbilo e a barra-limpa, a coroação desta esquizofrenia mística, devedora do IPTU e auto-indulgente. Daí é que vem minha opção pelos mongolóides: eles só querem foder. Eu também.

Voltando ao Pepê. Eu estava dizendo que ele é carinhoso e melhor do que muita putinha metida a fazer boquetes. Pepê é um cara legal. Que faz as coisas direitinhas. Eu acho ético remunerá-lo, principalmente.

— Diz pra sua mãe que você ganhou esses trocos chupando minha pica.

— Eêêê... gostoso.

— E não esquece de dizer pra ela que capinou meu terreno. Agora, vai. Vai embora. Vai, lindo (engoliu a porra, impecável).

— Êba! āhāhā...

Amanhã ou depois ele volta para pegar as ferramentas. A vizinha da rua debaixo chamou Pepê para capinar o terreno dela. Veio me perguntar quanto é que deveria pagar. Eu disse pra ela não abusar do Pepê. Que pagasse o preço justo!

— Não tem perigo? (ela não usava sutiã quando fez esta pergunta).

Não, acho que não. Pepê é um bom rapaz e chupa bem. É que a vizinha tem um casal de filhotes e deve ter sabido do envolvimento do Pepê com os filhos da manicure e da cabeleireira. Agora, o que eu não soube dizer para ela ("e a senhora vai me desculpar") é se Pepê costuma chupar bucetas:

— Pede pra ele, de repente...

De uns tempos para cá toda vizinhança passou a solicitar os serviços do Pepê. Parece-me que esqueceram... ou ninguém mais falou nada a respeito do último flagrante de chupeta. Eu sempre tive esperanças. Eu sempre achei que, a despeito da política de juros altos praticada pelo governo, as coisas têm jeito. Que na verdade meus vizinhos e os vizinhos dos outros... somos todos uns selvagens esclarecidos. Que Pepê, além de capinar terrenos como ninguém, também é um excelente boquete. Uma criatura suspensa em si. Um cara legal.

ANELISE (OU ARARIBÓIA, O HERÓI DEVOLVIDO)

A praia virou linha de montagem da GM. Toda canalhada cheia de músculos e arrebites. As mulheres, também. Eu aqui — parecendo o Erasmo Carlos contra o diabólico dr. Kung-Fu — faceiro e orgulhoso do meu corpinho anos 70's. Os criolos bem cotados. Quem juntar 30 palitos de sorvete ganha um bambolê.

Os cabeludos. E os tatuados, todos eles fortões, e, evidentemente, os Rottweilers estão na parada.

— Oi.
— Oi.
— Qual é a cor dos seus mamilos?
— ?! O quê?
— É que eu gosto de mamilos rosados. — (lembrei do Miéle...?) — E aí, meu bem? Qual é a cor?
— Da cor dos da sua mãe.
— Os da mamãe são rosados.
— Tchau. Meu namorado está me esperando.

É que eu não tenho coragem de perguntar: "Você vem sempre aqui?". Aí eu pergunto da cor dos mamilos. Não se trata de falsa ingenuidade. Ou deboche. Ou inveja dos corpinhos malhados. A questão é falta de coragem (ou travação mesmo) de chegar na mina e falar, por exemplo, que "está fazendo sol, né?". Então, eu pergunto dos mamilos. E, na rebarba, peço mais uma latinha de cerveja, aproveito para ser sofista comigo mesmo — o que me satisfaz profundamente —, debochado, despeitado e filho da puta. praia do Boqueirão. Chinelão Rider Tala-Larga. Areia entrando pelo cu. Quem juntar 50 palitos de sorvete ganha uma cadeira de praia. Tive uma idéia fantástica.

— Você gosta de Mahler?

— Sabe o que é? Tenho um compromisso com a minha chihuahua.

Lésbica, mas até que foi honesta. Será que Mahler é pior do que mamilos rosados?

Eu, particularmente, prefiro Wagner. Na minha falsa ingenuidade pensei que Mahler fosse mais popular. Estava enganado. E, outra vez, faltou-me coragem de perguntar: "Que tal o Katinguelê?". Nem fudendo, nem fudendo. Eu jamais perguntaria um negócio desses. Devia ter perguntado se ela gostava da musiquinha do gás. Mas deixa pra lá.

— Oi, minha sereia.

— Dá licença, estou menstruada.

Catso! Dessa vez fiquei entre o erudito e o popular. Mezzo Homero. Mezzo Barros de Alencar. O que acontece? Catso, catso. Eu sou um cara equilibrado. O que é que essa mulherada tá pensando?

Outra coisa. Eu ando meio que "mijando na parede". Os pés marcando dez para as duas e às vezes quinze para as três. Tô criando uns peitinhos mexericas (mamilões açaí, peludos). Uso cuequinha de seda.

E — dizem — tenho bafo de cemitério.

Mas e daí? Também tenho um papo legal. Uso gírias:

— E aí, Mina?

— Não te conheço. Tá falando comigo?

Hoje teve Cheesetos na merenda. Adoro Cheesetos,

principalmente o cheirinho de piroca suja que fica na mão da gente. Meu Walk-Man é Aiwa. Comprei no Paraguay.

— Tá servida? — (abusei no sotaque de Piracicaba) — Saiu uma coisa meio 'caipira', digamos assim.

— Qualé? Tá a fim de queimar meu filme?

Também não dou moleza pra jaburu. Mina feia é prejuízo. Elas falam de qualquer assunto. Elas comem qualquer porcaria. Elas não estão nem aí pras estrias, flacidez. E cospem na cara da gente quando falam 'salsicha'.

— Oi. Você sabe quem foi Araribóia?

A garota não sabia. Insisti, e ela não reagiu. Feia, não era. Quebrava um galho? Sei lá. Eu vi algumas espinhas no prólogo daquele bundão e logo de início descartei o sexo oral (eu fazendo nela). Uns peitões que metiam medo. Hoje em dia — fiz algumas contas — existem práticas cirúrgicas e cremes à base de cipós amazônicos que podem facilmente corrigir os peitões e remover os excessos de bunda e as espinhas mais infames e purulentas. O resto até que dava para levar.

— Quem? Jibóia, aquela cobra?

— Deixa pra lá. Você faz lembrar Batistuta.

Acontecia o seguinte. Os peitões dela jogavam na ofensiva*, era um negócio geométrico e meio descoordenado (parecido com o futebol de Batistuta, acho que sim) que apontava/ou se projetava em direção ao mar — a bunda corria atrás, vinha a reboque — como se o próprio Batistuta apontasse furioso para a torcida depois de ter feito um gol de placa. Goal! Gooal!

Gooooal! Frenesi, neguinho puxando fumo. Ela sorriu pra mim.

---

* Triângulo escaleno é aquele cujos três lados são diferentes e multicoloridos.

Gostei da voz. Gostei dos pés e mãos. Algumas bobagens que relevei. A mina falou em danças de salão. Eu relevei. Que tinha alguns sonhos. Os sonhos dela não me interessavam, geralmente os sonhos dos outros não me interessam, aí eu relevei e relevei. Então resolvi voltar ao tema "Índios Brasileiros". O primeiro que me ocorreu foi Caramuru.

— Aquele dos fogos!

É. Ele mesmo. De qualquer modo Caramuru não é exatamente "um índio" e vem antes do Juruna. Em todo caso foi bom ter falado no Juruna. Lembrei de uma entrevista dele. A repórter natureba queria saber qual era o prato preferido na tribo do Juruna.

Juruna foi exemplar. Disse que quem comia folha era coelho. Que índio comia índia. Gostaria de ter podido votar no Juruna. Um grande legado esta resposta, a meu ver.

A mina não era lá grande coisa. Saímos no dia seguinte. Eu fui de Capitão Kirk e esqueci de levar meu desintegrador de partículas. Ela foi de sarongue e me disse que gostaria de mudar o nome para Anelise.

A HISTÓRIA DE MÔNICA FLAKSBAUM

O casamento de Mônica durou seis anos. Ela e Antonio tiveram uma filha, Antonia. Depois de três meses de separada, Mônica foi viver com João, irmão de Antonio. O irmão mais velho achou bacana. Em primeiro lugar porque ele já estava morando com outra garota. Depois porque Mônica "era punk na época" e Antonio preferiu o irmão mais novo a "um namorado maluco". E, finalmente, por causa de Antonia, que "adorava o tio João". Mônica é uma bela mulher, ruiva, tem uma borboleta tatuada nos arrabaldes da púbis e trinta e cinco anos.

No começo Mônica não era a fim do João. "Eu arrumava umas amigas para namorar o João." Até o dia em que João bebeu "umas vodcas" e deu-lhe uma cantada:

— E aí, cunhada?

Mônica e João foram morar juntos. Tiveram uma filha, Joana. Os irmãos João e Antonio são muito parecidos fisicamente. Mas diferentes no temperamento. "Um é touro, mais forte. O outro é peixes, mais frágil." Mônica é geminiana, acredita em duendes e investiu um bom dinheiro na reforma do seu Fiat Panorama 89.

Aí acabou o lance com João. Antonio também havia terminado com a outra garota. Então resolveram morar juntos, Mônica, os irmãos Antonio e João e as meninas Joana e Antonia. Alugaram um sobrado na Vila Beatriz.

Durou quase dois anos. Mônica trabalhava o dia inteiro. E os irmãos Antonio e João ficavam em casa coçando o saco e bebendo cerveja. Foi nessa época que Antonia aprendeu a nadar. E Joana viajou pra casa dos avós, em Lins.

A história de Mônica Flaksbaum foi publicada no jornal *Folha de S. Paulo* no dia 3 de agosto de 1997. Eu quase morri de inveja. A partir daí mudei nomes, datas, signos do zodíaco. Omiti praças, pizzas pelo telefone e aos sábados feira na Mourato Coelho. Acrescentei duendes, tatuagem na púbis e uma reforma no Fiat Panorama 89. Outra coisa. Antonio, pai de Antonia, é padrinho de Joana, filha do João. E João, pai de Joana, é padrinho de Antonia, filha do Antonio. Que Deus os abençoe. Hoje, passados dois anos, não dá para saber o que aconteceu com eles. Teve um acidente outro dia perto de Juquitiba. O único sobrevivente de uma família de japoneses que voltava de um final-de-semana no "Pesk-Pague" foi Edson Ikeda. Ikeda perdeu a mulher, Sumiko, e um casal de filhos, Kátia e Juninho Ikeda. O motorista do caminhão que provocou o acidente não resistiu aos ferimentos e também morreu, três dias depois, na Santa Casa de Miracatu. E a minha inveja, seja dos Flaksbaum, seja dos Ikeda, não sei por quê, só fez aumentar. Que Deus os abençoe a todos. E que me perdoe e ao Joel Santini, motorista do caminhão que vinha de Ituporanga-SC carregado de cebola. A autópsia revelou que ele estava completamente bêbado quando invadiu a outra pista e bateu de frente no Del-Rey da japonesada. Uma lástima. Juninho Ikeda era uma grande promessa do beisebol.

ELVIRA!

Vale conferir o som dos rapazes do "Elvira!". A mulher do guitarrista — Elvira! (ela mesmo) — me convidou para conhecer sua casa e os seus "dois filhos maravilhosos". Eu considerei, a despeito do som dos caras, um convite generoso, antes de ser um apelo maternal irresistível e de ter despertado em mim o adultério meio porra louca, meio rock and roll. Vou contar até seis.

1.
O quartinho nublado pela 'maresia'. Toni (o marido, no violão!) entabulava uns acordes consigo mesmo. O bebê de Elvira me encarava, fissurado. Eu e Elvira. Todo mundo em cima da cama.

2.
Aquilo tudo me despertou uma tesão danada. O lençol delicadamente manchado de café, gordura. Algodão, saliva e revistas especializadas em bebês. A coisa toda recendia lixo/compaixão. Eu os invejava e repudiei minha vida de homenzinho-bem-cuidado e isento das coisas do lixo, do dinheiro cagado, do amor e da maconha.

Elvira me garantiu que os vizinhos eram "caretas" e aproveitou para dar uma ralhada comigo. Toni, feito índio de confeitaria, sugava um toco de fumo microscópico e ria dos pés da Elvira sobre minhas coxas. Nunca imaginei que a coisa toda "desses maconheiros, cabeludos" fosse tão tesuda. Ou sempre imaginei. É evidente que continuo sendo o mesmo bunda mole de sempre. Disso nunca vou me livrar.

3.

Parece que Elvira gostou do meu disfarce. Não obstante o bebê lançava-me olhares injetados, diabólicos. Chegou uma hora em que não deu para esconder meu pau duro e eu pensei em despachar Toni e o bebê para Woodstock, numa Kombi florida, onírica e insustentável. Mas não tive coragem.

4.

Os pés de Elvira eram macios, as unhas redondas e determinadas, porém descuidadas e sujas. Eu não estava nem aí pra sujeira. O meu problema era disfarçar o pau duro e tentar entender como é que aquilo tudo, aparentemente — eu falo pelo casal (o bebê fica de fora, por Deus!) —, não guardava nenhuma ligação com o sexo imundo, tesudo e complicado que eu sempre fiz e pelo qual, tirando as matérias do cu, eu jamais nutrira qualquer expectativa de redenção e/ou vontade de auferir conhecimentos, provas. Bem, — pensei comigo mesmo — deixa acontecer (e foi o que fiz, a contragosto).

5.

Aí Toni pegou o violão. Antes enrolou novo baseado. Sabia fazer a coisa e me pareceu controlar a situação, alheio e telepático — o fdp. O bebê grudou na teta da mãe: "Bateu a larica!". Elvira queria saber o que eu achava de suas tetas. Eu disse que gostava. Aí pensei nas palavras "inchaço" e "intumescência". Toni dedilhou "leãozinho" no violão e eles tiveram um pequeno desentendimento.

Eu tava louco para cair de boca naquelas tetas intumescidas e latentes. Peguei o baseado e dei "um tapa" violento.

Eles se olharam e riram quando eu disse que ia "dar um tapa". Devo ter errado de gíria. Eu fiquei sem graça e a coisa serviu para abaixar um pouco minha tesão. Me ocorreu o narrador de "Zorba, o grego". Que até metade do livro ainda não havia comido ninguém. Então eu disse pra Elvira: "Sabia que as mulheres de Creta untam os cabelos com azeite de Loureiro?". Ela e o marido novamente trocaram olhares. Dessa vez engoliram o riso. E Elvira, me parece que sim, comoveu-se achando que aquilo de "as mulheres de Creta untarem os cabelos com azeite de loureiro", era, afinal de contas, uma coisa bonita que eu havia falado.

6.

A maconha emburrecia Elvira, progressivamente eu diria. Toni virou-se para mim e disse: "Relaxa, cara".

Acho que meu truque funcionou.

Elvira tirou os pés das minhas coxas e foi ao banheiro. Eu, Toni e o bebê ficamos no quartinho, flutuando. Toni me disse que as coisas estavam feias pro lado deles, o aluguel, as prestações e os vizinhos caretas. Recomendou que eu fosse carinhoso com Elvira na cama e que lhe chupasse os tornozelos. Pediu vinte reais. Não pude negar o dinheiro. Não havia nem ruindade e nem tampouco literatura que me fizessem pior do que eu já era. Deixei os vinte reais em cima da cama. Dei "um tapa". E caí fora, antes de Elvira voltar do banheiro.

MARGÔ

Outubro é preliminar do que vem por aí. Os hotéis em temporada de caça. Seminários, palestras, encontros, jornadas, surubas. A reboque vem uma canalhada de vendedores, promotoras ("promotoras", bem sei) etc. etc.

Nunca tive um pingo de curiosidade. É gente média que parcela em dez vezes sem juros um prazerzinho ululante de três ou quatro dias num hotel jeca de frente para o mar. Dizem que geram empregos e movimentam a economia local. Conversa para microempresário dormir. Até que os reichianos resolveram fazer sua primeira jornada num hotelzinho jeca de frente para o mar. Fui conferir.

Muita xoxota.

No meio das boazudas, um sujeito barbudinho e falador. O palestrante, ele mesmo, mestre em não sei o quê e doutor em não sei o quê lá. O sujeito falava em orgasmo. Aí mudava de assunto.

E falava em orgasmo. E falava em orgasmo novamente. Ou era um sacana deliberado. Ou acreditava mesmo que o tal de "orgasmo" era um pastel de Santa Clara.

Pensei na Vó Inha anotando as receitas da Ofélia*.

---

* Saudades da Ofélia. Saudades do Bolinha. Saudades do Airton Rodrigues... Saudades da minha Vó Inha. Saudades, saudades. Por que a Hebe Camargo ainda não morreu?

Grande Vó Inha. Quituteira e manipuladora de orgasmos. Depois era só besuntar a assadeira com líquidos eróticos e levar ao forno. Virgem Maria! Deus que me perdoe! Será que o barbudinho falava sério?

Consegui três telefones. Uma gata, Margô, era aqui da Ilha. Ela me falou em trabalhar a libido. Disse que a fase oral era não sei qual pressuposto para a cópula de Lutzemberger (ou seria Alzeymer?). Eu pensei: "Vai dar picirico...". E assim levei meu espírito pré-cozido para o apê da Margô.

— Você precisa conhecer seu corpo — Margô também falou alguma coisa de um tal de (Lemgruber?) e foi ao banheiro.

Lemgruber não é aquele cara que entorta talheres? Margô deu sua mijada. Na volta trouxe um caralhão de borracha.

Meu pinto encolheu-se de vergonha (e ignorância?). E agora?

— Sabe o que é, Margô...

— Calma, meu bem. Não precisa ficar nervoso.

Não tava a fim de conhecer meu corpo. Tive vontade de lhe contar a história de Myra Breckinridge. Embora não me favorecesse, o tema era oportuno. Eu diria mais pela canalhice de Gore Vidal do que por sua veadagem cheia de autoridade, isto é, minha idéia era acusá-la de "mulher boiola" e desautorizar o caralhão tomando a canalhice de Vidal emprestada. Mas o plano era muito complicado. Eu não quis correr o risco. Sou agnóstico e tenho uma bela casa de praia com vista para o mar.

— Isso aqui é apenas um arquétipo inofensivo, querido; relaxa... vamos nos conhecer...

— Sei, um arquétipo.

O mundo está cheio de promoções imperdíveis, simbolistas e parnasianos enrustidos, programas infantis e uma confluência de nazistas, chupadores de cacete e publicitários fazendo de tudo para pôr no rabo da gente. O que salva é Zeca Pagodinho. Margô não entende essas coisas.

— Isso aí é bloqueio. A gente precisa trabalhar *isso aí*.

Ela se conteve. Mas o caralhão ficou lá — ("iluminando" nossa conversa, como quis Margô Patológica).

Outra coisa. Casamento, sadomasoquismo, inclusive os caralhos de borracha, olimpíadas, curso de inglês, origami, bigode, formatura, palestras, seminários: tudo a mesma merda. Um jeito desesperado que "as gentes" sem talento (e põe sem talento nisso aí) encontraram para adquirir um certo brilho e reconhecimento entre seus pares. Ela é reichiana. E eu, segundo ela:

— Travado, esquizofrênico.

Eu agradeci e acrescentei: "Também sou muito macho". Ela me acusou de banal, previsível. Infantil e enquanto isso o caralhão crescia visivelmente em suas mãos. Devia medir uns sessenta centímetros. Ou mais.

Acusou-me de Nelson Rodrigues (!?!). Eu fiquei todo orgulhoso. O que é que ela queria? Um Roberto Freire?

— Você é constrangedor, sabia?

Aí eu disse que constrangedor era o caralho de borracha que não parava de crescer: já devia estar medindo mais de um metro de comprimento.

— Esse negócio aí tem registro no Detran?

— Esquece. Você não está entendendo nada.

Bingo! Então meu cu respirou. O que é diferente de peidar. Margô "humanizou-se" e sumiu com aquele caralhão monstruoso. Foi quando peidei com vontade, de verdade. De modo que, logo em seguida, nos atracamos num "Eu, o galo. Ela, a galinha". Quer dizer...

Margô "banalizou" meu pinto e o administrou em sua xoxota. Que, na realidade, não era uma xoxota. Mas um apêndice sórdido do seu cérebro, cujos meandros etimológicos, contornos "trabalhados", retaguardas psicossomáticas e vícios feministas, enfim, não me permitiram mais do que sete bombadas (tudo premeditado para que depois ela pudesse me acusar de "desconhecimento" do meu próprio corpo).

Que se dane! Tá sabendo?

Para Margô pinto é recalque. Por isso — ela justificou — tinha 1 (uma unidade) guardada no banheiro para suas "pesquisas" e eventuais necessidades.

HILDEGARD

Basta uma mendiga simpática; passarinho cagando: qualquer miudeza, e logo "a monja" abre um sorriso de chinês de desenho animado, emparelha as mãos e põe o seu corpinho a balançar — alheio a peidos, para frente; carne de porco, para trás; matambre, para frente e para trás. O tipo da frescura que me dá vontade de vomitar, cagar em cima do desprendimento e da humildade, dessa palhaçada.

O nome dela é Hildegard, minha vizinha. Ela me aconselhou "transar melhor o espírito". Hilde dá cursos de florais, cerâmica e artesanato: especializada em deuses e arquétipos pré-colombianos; Maias, Incas, Carlos Castanheda e toda sorte de mascarados, apaches e presepadas em geral. Em dias de engajamento usa um crachá de "fiscal-amigo do IBAMA" (cargo de dedo-duro não remunerado) e tem a mania de recolher das ruas cãezinhos empestados e dar a buceta pra eles lamberem (ou "dar dignidade pros bichinhos"). Às vezes tenho ímpetos de assassiná-la com requintes de crueldade. Hildegard "transa origami" e planeja uma viagem pra Chapada dos Guimarães no final do ano. São os projetos, as pesquisas dela.

Uma frase típica de Hildegard: "Gente!, tô batalhando pruma campanha". Não come carne vermelha, nem fudendo. Adora Vânia Bastos, Beto Guedes e Sá & Guarabira. Tem quarenta anos e acredita que a indústria de metais leves e laminados não traz bons fluidos pro planeta; é metida a ter presságios, além disso, o pacote da pentelhação inclui uma mecha de cabelos brancos tão constrangedores ou até mais broxantes do que os presságios, as intuições e todas as outras merdas que ela tem na cabeça. Ela diz que é "pra equilibrar os xacras". Acorda todo dia às cinco horas da manhã e espera o sol nascer. Vive mexendo nas plantas e puxa seu fuminho quando o sol se põe. É baixinha e tem mau-hálito.

Uma amiga que é arquiteta resolvida. Outra amiga que é doida varrida. Outra que é sócia de uma Academia de Yôga. Uns argentinos estranhos materializam-se no final do mês. Hildegard é metida com incensos. E o dia que aparecer fazendo Tai Chi Chuan, juro, compro um revólver. Às vezes me oferece alfajores de maconha. Ela não têm unhas (bem feito...), mas tem casulos de musgos ancestrais acumulados nas axilas de cujas nervuras e inflexões brotam várias espécies de hortaliças e um cheiro filho da puta que não dá pra chegar perto. Vive descalça e as orquídeas e samambaias da sua varanda chamam-se Rita Lee, Bia Antunes (essa é sapatão!, eu conheço), Isadora Duncan, uma tal de sister Katlin que eu não sei quem é, e outras coisas do tipo Jane Fonda, Pagú e Gigi Agnelli.

Os mamilos de Hildegard incham visivelmente quando as palavras "biodiversidade", "orgânico", "própolis" e "reciclável" são citadas. E ela tem convulsões, espasmos, eflúvios lancinantes e visível comichão na vulva, quando o nome de Janis Joplin e as palavras "xamã", "mantra" e "comunidade" são associadas (nesse caso eu defendo a pena de morte) às expressões "consciência planetária" e "vida alternativa". Aí ela "deixa a energia rolar". Uma vez que "Janis veio de Órion". Hildegard não gosta que eu fale que vim de

Piracicaba quando ela fala que Janis veio de Órion. Então, pra "quebrar o estresse", ela consulta o I-Ching e geralmente me aconselha uma terapia de purificação: "exercícios respiratórios para desbloquear os centros de energia". Não se pode peidar nesses exercícios.

O lugar onde ela vive, do lado de lá dos meus ciprestes, não é uma casa: "É UM ESPAÇO. Não tem divisões, leis pra separar". A privada fica dentro da banheira que é anexada à cozinha orgânica. Ela tentou me explicar o funcionamento do "espaço" mas eu não entendi (ou será que Hildegard cozinha com o gás da própria merda?). Ela disse que eu *não estava preparado* e me ofereceu uma sopa de ervilhas. Receita dos Gnomos.

Qual é o nome daquele negócio que faz barulho de estrelinhas com frio quando o vento bate? Ela tem um negócio desses dependurado na varanda e adorou eu ter usado a imagem das estrelinhas com frio, daí que, imediatamente, emparelhou as mãos, abriu um sorriso de chinês de desenho animado e pôs seu corpinho a balançar para frente e para trás (alheio a peidos, carne de porco etc.). Sou a favor da tortura senegalesa e quero deixar muito bem claro que não tenho nenhuma tesão por Hildegard. Além da mecha de cabelo branco constrangedora, minha vizinha "transa projeciologia", é verde feito um pé de alface, tem cheiro de loja de ração, mau-hálito e parece que vai quebrar no caule.

Outra coisa. Hildegard reservou um lugar, atrás dos pés de maracujá, para os "seres elementais". É terminantemente proibido invadir "o espaço". Mas quando ela vai às compras eu aproveito e invado o espaço e dou uma mijada na cabeça deles. São estes gnomos e bruxinhas, imagino, que dão as receitas de sopa de ervilhas, alfajores de maconha e suflês de cocô reciclado que ela consome e oferece pros outros. Ela tentou me explicar e eu novamente não estava preparado e novamente não entendi. Eu tenho para mim que Hildegard faz fotossíntese junto com sister Katlin, a samambaia. Os dentes de Hildegard são enormes, saem para fora da boca com negligência, falta de vontade. As tetinhas caídas e a bunda modelo muchiba (ver Ziraldo, revista *Bundas*, nº 3; ver os dentes da Daniela Thomas, filha do Ziraldo). A cretina usa túnicas feitas com saco de aniagem da confecção Salamandra, que é de uma outra amiga dela metida no Santo Daime. Hildegard acende velas, faz mapas astrais e está "pesquisando o 'Bhagavad-Gita'".

Ontem, com a delicadeza do Clebão (ex-zagueiro do Palmeiras), Hildegard perdeu a paciência comigo e me mandou tomar no cu.

MARISETE (OU A PAZ DOS AQUÁRIOS)

O cheiro da minha saliva na carne de Liane. Na verdade, Marisete. O mau-hálito, não exatamente a saliva, também era aquele da sétima série, 1979.

Vaivém de merda! Eu levava porrada direto naquela época. E desejava (sempre desejei...) pro Chico Zaparolli — o cara que me surrava — a morte violenta num acidente de trânsito. Quem sabe? Ou será que o sacana, ao invés de ter se enfiado debaixo de uma carreta, especializou-se em impermeabilização de estofados?

— Você é articulada, meu bem (falei isso pra ela pensar que "articulação" era algum tipo de sacanagem, uma posição erótica) — gosto de usar esses truques... às vezes digo que meu nome é Bandini, Arturo Bandini.

— Que pauzão duro, cara!

Ela me garantiu que nunca tinha visto um igual. Ocorreu-me que sempre bati punhetas segurando um salsichão ausente, burocrático. Ela tinha razão. Fiquei todo orgulhoso. E sugeri um meia-nove. Ela quis cobrar o dobro do preço. Aí tocou o telefone. Um tal de Wanderlei.

— tô ocupada, Wanderlei — chup, chup.

Voz do Wanderlei ao telefone. Marisete em seguida:

— O quê? Eu e outra menina? Pera aí, Wanderlei —

É o Wanderlei, ele quer fazer uma sessão comigo e com outra menina — (Marisete chupava minha pica, tratava de negócios).

Olhei pro meu pinto e perguntei: "O que está acontecendo?". Uma vez que ele (meu pinto) não pôde responder, tive que interromper Marisete:

— Onde tá meu Rayban?

O seguinte. Wanderlei queria fazer uma suruba. Ele, Marisete e uma "cliente" da Marisete. Eu disse pra ela desligar o telefone.

— Wanderlei, tô ocupada. Cê pode ligar, outra hora?

Wanderlei insistia. O cara tinha fantasias, seu casamento havia esfriado. Tava a fim de um programa diferente. Trabalhava no CPD do Hospital Samaritano e ofereceu o dobro do "cachê" pela suruba.

Hoje em dia todo mundo tem fantasias. Até o Wanderlei.

— É pra gente fazer cocô em você?!

Telefone sem fio é uma desgraça — pensei comigo mesmo, e desisti do cigarro e dos óculos escuros. Refleti sobre minha falta de fantasias. E resolvi, para não ficar atrás do Wanderlei, ter algumas. Eu poderia ter sido um dândi no final do século XIX. Viajaria para a Córsega no mesmo navio de Lautréamont, o punheteiro. E, de quebra, trocaria umas idéias com Mallarmé e tomaria uns porres de absinto com Verlaine, Degas, Pisarro... nada mau.

Qualquer coisa é melhor do que comer cocô de puta. A despeito das fantasias do Wanderlei e das minhas próprias, meu pau continuava duro. Marisete prometeu pensar no caso do cocô. E disse pro Wanderlei que nunca mais pisaria no "oftalmo", de jeito nenhum. Que semana passada não atendeu por causa da gripe. Que ia desligar o telefone porque tava ocupada, chupando minha pica.

Aí lembrei das maldades do Chico Zaparolli, aquele sacana filho de uma puta. Uma vez enfiou minha cabeça na privada... e puxou a descarga. Deve ter copiado do Tom & Jerry. Ou o sacana especializou-se em injeção eletrônica. Ou entrou pra polícia civil, virou Rottweiler.

— Esse Wanderlei é um pentelho — chup, chup.
— 1979 — eu disse, pensando nos números.
— Quié? — chup? (chup?, chup?).

A primeira chupada interrogativa da história das chupetas.

— Esquece. Que é que tem o Wanderlei?
— O cara é um grude. Inventa cada maluquice... Outro dia apareceu aqui vestido de Teletubbies.
— Ele é viado?
— Não sei — chup, chup.
— Wanderlei é nome de viado (lembrei disso, li em algum lugar, fazia sentido).
— Você já quer gozar?
— Eu?!

Como é que uma garota feia e dentuça, meio que corcunda, metida com umas olheiras de desenho animado, mãe de uma filha engraçadinha que nos olhava do porta-retratos, ex-secretária de um "oftalmo", ex-manicure e vendedora da "Natura", podia ser tão gostosa? Equipada com uma bunda sempiterna, redondinha?

— chup, chup.
— Os quarenta reais valem seu nome, MARISETE! Ai, Marisete! Ai, Marisete! Aiiiii.

Havia encontrado meu Rayban e usava meias sociais na ocasião. Não tiro as meias por nada nesse mundo. E tenho a capacidade de deixar as putas molhadinhas... só que não posso provar. Fiz uma promessa de não botar pra dentro. Ganhei dez pintos + 1 (a língua) com isso. Bom negócio.

— Odeio meu nome (ela odiava outras coisas: o zelador do prédio e neguinho que aparecia lá sem tomar banho).

— Marisete é um nome tesudo, eu acho.

— Eu prefiro Greice Kelli. Já inventei um montão de nomes, sabia?

— Liane...

— Esse aí saiu no anúncio de quinta-feira. O babaca do zelador tá ficando maluco com isso. Tem sabonete novo no armarinho da pia.

Tomei um banhão vestido com umas havaianas divertidas. A gillete dentro da saboneteira me deu tesão. Cheirei uma calcinha. Mijei no ralo e deixei pra lá.

Marisete me esperava no sofá-cama. Ofereceu-me uma latinha de cerveja, lixava as unhas do pé. Bebemos, conversamos um pouco e fumamos um cigarro juntos. Eu desejei um bigodão para vestir com o robe emprestado. Ela disse que bigodão tava em falta. Marisete falou alguma coisa da amiga deprimida por conta de um gato desenganado pelo veterinário. A geladeira tremeu na cozinha. E a filha dela não era mais a menina engraçadinha do porta-retratos, havia crescido e, segundo a mãe, entornado o caldo. O nome do peixe da Marisete, eu esqueci.

Rodrigues? Ou será que o peixe chamava Saraiva? Sei lá, tanto faz. Qualquer um combina com peixe. Tive vontade de me mudar praquele aquário, trocar de lugar com o Rodrigues (vá lá, Rodrigues...) e fazer cocôs compridos e nadar de um lado para o outro grudadinho neles. Quis a companhia do escafandrista. Sabia que os tesouros eram de mentira. Que a sereia me enganava. Ainda assim, desejei uma vida de plânctons, bolhas de ar. Quis esquecer as maldades do Chico Zaparolli, aquele filho de uma puta. Viver sob os cuidados da Marisete.

Uma vida de algas e melancolia. Tinturas, merthiolate e removedores. Santo Expedito a pisotear uma graúna, implacável. Tudo isso e meu aquário em cima da penteadeira. Um cinzeiro roubado do Hotel Felippe, imanência. Sexo intrínseco.

Eu nem aí pros Wanderleis da vida. Eles nem aí pra mim. Um belo dia me encontrariam boiando com a barriga virada para cima, triste e solitário peixe. Em seguida a filha da Marisete me jogaria no lixo junto com as guimbas de Free, uma lata de ervilhas Jurema, cascas de laranja, uma lâmpada queimada e um chinesinho delivery sorridente para me fazer companhia. Eu poderia apostar que o chinesinho delivery e a Jurema das ervilhas teriam um caso de amor na lata do lixo. Mas aí eu já estaria abusando das minhas prerrogativas sentimentais de peixe ornamental — deixa pra lá.

Enquanto isso, no mundo das massagens e putarias, Marisete me substituiria pelo peixe Adhemar e daria prosseguimento ao seu negócio de chupar picas e entabular diálogos escatológicos ao telefone. Eu não sei qual é a do peixe Adhemar. Mas eu, peixe Rodrigues, posso garantir que vivi uns poucos meses de solidão, felicidade também!, desespero e nostalgia dentro daquele aquário. Até o dia que morri afogado.

A GAROTA DO BLUE BAR
(uma fábula)

— Julie?! Não acredito. É seu nome?
— É. E daí?
— Sei lá, parece uma armação com Julia. Por acaso você não se chama Julia? Ou Juliana?
— Julie.
— Julie, de verdade? Sem armações?
— Julie: J-u-l-i-e.

Apesar do desleixo e da mochileira evidente, "Julie" é, para mim, verdadeiro motivo de enlevo e sublimação literária. Ela merece este nome. Eu poderia dizer que é minha vocação para são Sebastião traspassado e mal interpretado. Ou bolinação estética, idealização. Tanto faz. Vale que o nome dela é Julie. Eu e ela. Nós dois na fila do supermercado, ela dourada pelo sol, nenhuma afinidade — tesão, no contrapé. De qualquer modo me senti enriquecido em minhas conjecturas enlouquecidas e desbeiçadas no tempo e, principalmente, noutra realidade. Acho que se trata de literatura. Julie, enfim.

— Muito prazer, meu nome é Alcott.
— Você é detetive?
— H. H. Alcott, à sua disposição. Você é vidente?

— É que H. H. Alcott é nome de detetive.

— Tem razão. Eu devia ter pensado nisso. Suponho que Julie é nome de missionária da Igreja Quadrangular?

— Quase.

— Assistente social?

— Não, eu sou puta. Você se importa, meu bem? (riu de si mesma e me deu um beliscão imaginário, como se dissesse: "é pra retribuir teu cinismo").

— Baby... estou apaixonado.

— Podia ser pior.

— Tô falando sério.

— Paga uma dose?

— ??? (grande Julie, estava me conquistando).

— tem a parte da casa... sabe como é...

— (irretocável).

— O que foi?

— (tava pensando na Malu Mader fazendo a Julie...). Nada. Tava pensando.

— Vai pagar uma Keep Kooler? Ou um algodão doce?

Algodão doce é uma coisa que mexe comigo. Só faltava Julie perguntar: "E aí, caubói? Tá a fim de um programa?".

— E aí, caubói? Tá a fim de um programa?

— Quanto é?

— Cinqüentão. Mais o táxi e o hotel.

— Eu dou trinta. A gente pode rachar o táxi.

— E o hotel?

— Bem... O hotel fica por minha conta.

— Tá legal, eu topo.

Corta/Eu e Julie no táxi. No cruzamento da Nossa Senhora de Copacabana com av. Prado Junior. Aí, numas de sacanagem, perguntei se ela me amava.

— Acho que sim — ela respondeu, e pediu um cigarro.

— (...)

Julie, de programa. Até que tinha classe para dar suas baforadas.

— E você, Alcott? Você me ama?

— Acho que não — respondi, e dei uma blefada à Clint Eastwood.

Corta/Quase Noite. Hotelzinho na Glória.

Eu, pelado. Ela no banheiro fazendo xixi...

— Ah!, Que idiota! — pensei em voz alta.

— Alcott, não tem papel higiênico!

Enquanto isso Martinho da Vila comia a mulherada no rádio-relógio.

— Usa a toalha de rosto — acrescentei a sugestão aos meus pensamentos.

— Quié? O que você disse?

Ah!, que idiota. Agora, não vai dar pé — continuava pensando comigo mesmo — depois dessas fodas escrotas... ah, não vai dar. Como é que eu vou falar uma coisa dessas pra ela?...

— Eu disse pra você usar a toalha de rosto.

Julie, entre preocupada e seminua, com a toalha na mão.

— Oi. Você tá legal?

— De vez em quando fico com este aspecto de vegetal em final de feira. Mas é normal quando a gente entra numas de lirismo, entende?

— legal, hein! Você é poeta?

— Nem fudendo. Foi um trocadilho, apenas.

— Ah, é?

— O que é que você está fazendo com essa toalha na mão?

— A toalha? Hã, sei lá.

Toalha, sangue, cigarro. Ela tava me levando a sério. Eu tava de pau duro.

— Vem aqui, baby. Traz estes peitinhos pro seu caubói (apaguei o cigarro na toalha e dei um jeito de me livrar daquele "calzone") — Apesar de tudo, o pau véio continuava duro.

Não é por nada não. Mas eu sou um grande sujeito — (e Julie, entre deslumbrada e completamente pelada, serviu-me seus peitinhos à francesa) — Ai, Julie.

— Você gostou dos meus peitinhos? — eles, os peitinhos é que queriam saber, compadritos, tagarelas os peitinhos dela.

— Adorei. Será que tem Chantilly nesta merda de hotel?

Outra foda. Clint, implacável. E eu não consegui falar pra ela: "É claro que sim, Julie. É claro que eu te amo". Aí já era noite. Tive que pagar dois períodos para a zeladora do moquifo. Não tava a fim de pagar o terceiro. Chamei um táxi. E fomos embora.

Deixei a pequena na Estação Botafogo. Acendi um cigarro e pedi para o motorista tocar pra Tijuca. "Toca pra Tijuca, rapaz" — grande Clint, pensei — e fiz rodelas de fumaça para lembrar de Julie, a garota do Blue Bar com a qual afinal de contas eu havia de passar os últimos dias da minha vida a oeste de Cheyenne.

AI, DONA THAÍS. AI, AI.

Faz tempo que não como ninguém. Não é justo que minha pica venha me incomodar. Será que é por falta de uso? Eu é que não vou ao médico.

A cama quebrou. Quando eu tocava punheta!

— Oi, Claudinha.
— Oi. Quem é?
— Sou eu, meu amor.
— Quem?!

(desligou, a filha da puta)

Eu fico puto da vida quando leio uns autores à antiga. Um pouco por falta de romantismo. Um bocado por falta de talento. Eles faziam o toalete. Vestiam suéteres, uma vez que o quarto — sempre — ficava do lado norte e o vento soprava de encontro às janelas. Oh!, "hors-d'oeuvre!", novamente? O trigo, é curioso, amadurecia nesta época. No dia seguinte preparavam-se para o desjejum. Ao cair da tarde sentavam-se na "terrasse" do hotel e pediam uísque com soda. Remetiam dólares de Paris. E à noite eram viperinos no Café Cosmopolite. Que Merda!

Comigo não acontece nada disso. Ou melhor, acontece com a pobre da minha pica. Que, inocente, assim sem ter culpa no cartório, amanhece vermelha e doída. Eu acho

uma puta de uma sacanagem. Outra coisa. Eu me recuso. Eu não acredito na Sarah que Bukowski ajambrou nos bastidores de "Barfly". Eu não aceito. Ele deve ter inventado a Mina numa crise de gonorréia. Não vale nem a pena transcrever os diálogos. Ela é perfeita! Não tô aqui pra levantar a bola de ninguém. Quem quiser que leia "Hollywood", e confira.
— Oi, Deby.
— Oi. Quem é?
— Sou eu, meu amor.
— Quem?!
(desligou, a filha da puta)
É o que eu estava dizendo. As coisas não acontecem. Eu é que não quero saber de urologista. Minha pica pode desmanchar de nostalgia e literatura. Sou caubói da Vila Sônia, catso! Como é que eu faço? O que é que eu vou dizer pro médico? "Sabe, doutor. É por falta de uso..."
— Oi, dona Thaís.
— Oi. Quem é?
Thaís é um nome que inventei para não comprometer dona Silvia. Que é casada com um babaca. Dona Silvia é uma tesão. Às terças e quintas-feiras eu bato punhetas para dona Silvia.
Quer dizer, dona Thaís.
— Sou eu, seu vizinho.
— Oi.
Então. Ela é minha vizinha. Outro dia fiz dois quarteirões carregando as compras dela. Não vou dizer como consegui o telefone. Eu soube que dona Thaís queria abrir uma franquia. Aí eu tive umas conversas de franquia com ela.
— Encontrei um ponto especial, perto do sacolão.
— Ah, é?
— O cara é meu amigo. Faz contrato para três anos.
(só para ela sentir como é que eu sou bem relacionado).

— Cê vê isso pra mim?

É claro, dona Thaís. É claro que eu vejo. Quando a libido tá lá na Pestalozzi eu penso na dona Thaís. E aí lasco umas bronhas beneficentes pra mim mesmo. Negócio próprio é o maior punhetão!

Ai, dona Thaís. A senhora, hein?

Além de ser bem relacionado, eu entendo de alvarás, cartório, papelada, consignação e mais um montão de coisas. Tenho o maior orgulho disso. "Eu vejo, deixa comigo." Eu vejo 'isso' pra senhora.

A dona Thaís confia em mim. "Isso" dá a maior tesão! Aí eu toco umas bronhas pro INSS, pra lei do inquilinato. Sei lá! Ai, dona Thaís. Ai, ai.

Agora, o que me deixa puto... é o mosteiro de Roncevaux. Antes de chegar lá o casal naturalmente enfadado avista "os telhados vermelhos e as casas brancas de Burguete, alinhadas na planície"... e os campos de trigo amadurecem (sempre amadurecem). PQP! Dá vontade de sacanear. Vou mandá-los pro Km 32. Boate e Churrascaria Gauchão.

— Que vai tomar, querida?

— Dites, garçom, um Pernod — (puta do Hemingway é outra coisa).

— Traz um Pernod pra gata, cara! Tá me olhando assim por quê?

De modo que, recompostos e cheios de vida, prosseguem a viagem em busca do destino comum, ao longe. Até que a porra do mosteiro de Roncevaux insurge da paisagem resplandecente "sobre o flanco da montanha escura", e o caralho. Brindam com Champagne! Voilà!

Ok. Minha pica descascando feito tangerina!

O que é que eu faço?

— Boa noite, excelência. Aqui é seu vizinho. Como vai?

É foda, é foda. Quando seu Armando (o babaca casado com dona Thaís) é que atende o telefone, é foda, é foda. Aí eu passo uns trotes. Depois ligo pro Disk-Carinho. Tem umas minas super legais no Disk-Carinho. Tem a Úrsula que me dá a maior força. Ela fala de apliques, bases, cremes (a gente conversa como se estivesse num salão de cabeleireira) e quando ela fala em "depilação", bem, aí eu gozo. Mas tive que parar com isso por causa das contas no final do mês. O pessoal da Telefonica é do mal.

— Sabe, sabe...
— Quem é?
— Sou eu, Camila. Sou eu, meu amor.
— Quem?!

O número da Camila eu consegui na lista telefônica. Tô ligado que ela é dentista (doutora Camila, é bom que se tenha respeito) e mora na rua Maestro Cardim, 556, ap. 81. Mas não deu pé. No final das contas ela disse pra marcar hora com a secretária dela. E que só dali a duas semanas — porque ela ia viajar prum congresso em Salvador — que ela poderia me atender. Desligou o telefone como se perguntasse para si mesma: "como é que esse idiota conseguiu o telefone aqui de casa?".

— Um beijo, doutora.

Eu falei "Um beijo, doutora" logo depois que ela desligou.

ROSANEIDE (OU AMOR DE PUTA)

Ela ainda dormia. Estávamos mais exaustos do que pelados. Não dá para falar em "protagonistas" e "cena doméstica". Sobretudo não dá para falar em "amor de puta" e "fazer amor". Bem, quanto a "fazer amor", iniciativa minha mediante paga, havíamos concordado. Eu explico. O amor — foi o que eu lhe disse (é mais fácil uma puta concordar etc...) e ela concordou — não precisa de duas genitálias para ser feito. Uma foda é uma foda. Quem somos *nós* para *fazer o amor*? Basta dar uma foda legal, não é?

Aí ela virou o corpo.

Eu quis casar. Ela disse que ia "pensar no assunto". Ok, então ficamos com a cena da calcinha dependurada no box e eu cheirando a calcinha enquanto ela dormia. Foi um pouco mais. Eu havia despertado de suas coxas como se fosse um tubérculo nascido dali, e assim, de como falam do amor, foi que abri cuidadosamente as pernas dela. A primeira associação que fiz, mais pela palavra articulada dentro das imagens e da dicção idealizadas por mim do que pela associação em si, foi "couve-flor" ou "vegetal em si". Vale dizer, ela não sonhava sonho nenhum. Um sonho de ninguém e escuro. Um sonho chapado. Ela havia se queixado da dificuldade em dormir ou alguma coisa parecida... antes da nossa foda, eu quero dizer. Ou teria sido por causa da alimentação irregular? De modo que ela deu um gritinho delicioso quando cheguei pela segunda vez. Ela tinha o amor de sua vida, um tal de Django, perdido não sei em que corrutela do norte do Paraná. Eu comecei devagar. Desejei uma arruela sem saber imediatamente para que servia uma arruela. Uma chave de fenda ou alguma ferramenta de pressão, acho que dava na mesma, foi sempre por trás, acho que ela, a despeito das minhas asas distendidas, lá no seu 'sonho nenhum' desejou coisa parecida. Foi amor de puta sim, foi o amor que fizemos enquanto rolava um Amado Batista no rádio-relógio.

Então beijei-lhe a bunda pela última vez. Deixei cinqüenta dinheiros em cima do travesseiro. Não me lembro da feição da moça... talvez alguma coisa nos olhos cor-de-quem espera resignada na fila da morte, na fila do sacolão ou na fila da puta que a pariu... me ocorreu o sexo brutalizado pelo pai, ingenuidade minha, ela não tinha o sexo 'tematizado', bem como a brutalidade não era uma flor simbolista e nem tampouco — e muito menos! — algo parecido com o alvorecer trágico das desesperanças de um Fagundes Varela e de sua patota irrelevante.

Eu me permito falar de uma incapacidade selvagem e infundada com a consciência em frangalhos (afinal foram cinqüenta reais) e acrescentar uma tesão pré-industrial (lá dos arrasta-pés de onde veio, a tesão da infeliz) e um bocado de vermes há muito erradicados do meu organisminho montessoriano e, como é praxe nesses casos, também falar de incestos copiosos e de espancamentos idem.

Ah!, merda. Meu saco já estava explodindo de tanta miséria e misericórdia. Dava pra trocar figurinha com são Francisco de Assis. Sei lá. Eu sei que, antes de me apiedar ainda mais de mim mesmo e daquela pobre criatura que dormia nocauteada depois do nosso amor fodido, resolvi tirar o time de campo.

... com efeito, era uma tesão igualmente distribuída e brutalizada em si e por si mesma, bem, estou me lembrando...

Chamava-se Rosa. O nome verdadeiro, se não me engano, era Rosaneide, ela tinha um filho meio débil mental e um bocado de manchas espalhadas pelo corpo e, além de boa foda, ela sabia, é patente que sim, que pelo menos metade do seu nome era de gente pobre e ignorante — ela não disse nada (e nem precisava) — e a outra metade eu comi na raspa do tacho de sua pobre alma, comi ambas evidentemente — Deus que me perdoe. Ela ainda me contou de uma cidade grande que ficava perto de sua cidadezinha natal. Do lugar onde havia perdido o amor de sua vida. Das saudades que sentia dos irmãos e da mãe. Só não me lembro por que saí daquele moquifo sem dizer adeus.

VII

Ceasa

CEASA

Um dia legal para cortar unhas no terraço. Tirar ranho do nariz. Tomar Sol! Um dia legal para pensar em nomes de passarinhos. Coelhos, Patolinos.

Patolinos? É isso mesmo: Patolinos. Um dia legal para dar crédito à Hanna & Barbera e às coisas do mundo. Fiz um amigo e o nome dele é Cássio, tem oito anos.

Ele me serviu suco de manga com ovo de Páscoa. Conversamos sobre Patolinos e sobre Coelhos. Cássio me disse que seu apelido na escola é CEASA. Pelo seguinte: *C*ássio *E* *A*line *Se* *A*mam. Aline não tem ciúmes dele. E ele me garantiu que não tem ciúmes dela. Não é todo dia que a gente faz amizades que vão durar para sempre. E o melhor: numa atmosfera de "Dia Ideal Para Peixes Banana". A última vez aconteceu em 1972. Época em que eu pescava "peixes-banana" sinceros e ainda não cogitava em suicídio, nem sabia o que era isso. Ceasa tem a mesma leveza claustrofóbica (a céu aberto) que eu tinha nas Praias de São Vicente em janeiro-fevereiro de 1972.

— Cássio, vamos pescar peixes-banana?

Ele adorou a idéia de pescarmos peixes-banana. E lembrou de sua vizinha, Ritinha, que também adoraria pescá-los. Mas Ritinha, infelizmente, havia assumido um compromisso no sul da Ilha. Então ficou acertado que eu e Cássio-

Ceasa iríamos pescar peixes-banana tão logo Ritinha voltasse do sul. Porém Ceasa fez duas ressalvas: o arsenal atômico da Rússia. E a mãe da Ritinha: uma fera.

Aí apareceu o pai do Ceasa. E não gostou de ver o filho brincando comigo. Alma pragmática. Sujeito elegante e malencarado. Foi gentil na medida em que me forçou a deixar as brincadeiras de lado. Acabamos concordando com a gravidade da crise na Rússia. O cara me fez lembrar Vargas Llosa nos piores momentos.

Tive algumas certezas. A começar pela palavra "intimidade". Sem dúvida é a mais obscena do léxico, repugnante no plural "nossas intimidades" (como Llosa gosta de escrever...) e inverossímil em qualquer situação; seja morfológica, atmosférica, erótica. Não digo insuportável uma vez que as únicas coisas insuportáveis continuavam sendo o Ed Motta e a palavra "insuportável" (que não existe). Será que o cara acreditava em si mesmo? Ou estava a fim de me gozar porque não acreditava no filho?

Pensei comigo: "Antes, os Grilhões!".

Era daí — eu estava convencido — que viria a sublimação. "Ou da impossibilidade de gozar" (quando pensei em "Grilhões" não associei a coisa com algemas, correntes ou instrumentos de tortura para uso erótico. Somente um asno — Vargas Llosa x pai do Ceasa — incorreria na imprudência de falar do ponto de vista do sádico ou do masoquista observador) — continuava pensando — "é da impossibilidade de gozar que vem o grito, a arte!". O pai do garoto falava em tecnologia no campo e manipulação genética, não obstante a soja transgênica e a despeito do sexo tesudo ajambrado entre Lucre e Jovita*, Llosa/pai do Ceasa sacrifi-

---

* Não perca tempo lendo "Os Cadernos de dom Rigoberto", de Vargas Llosa.

cava a si mesmo em detrimento de uma erudição comprometida e comprometedora. Resolvi interromper: "Nem fudendo, nem fudendo. O senhor não vai misturar impunemente arte com sexo!". Ceasa me apoiou. O pai mandou o garoto calar a boca. Como se não bastasse Llosa/pai do Ceasa arregimentou um Pergolesi insuspeito, quase sumido. Golpe baixíssimo, a bem da verdade.

Aí eu disse: "O senhor tem o mérito de administrar convincentemente bem as imundices, taras e fetiches ensejados ao longo de toda essa babaquice. Mas é só".

O sujeito insistia com aquele negócio de arados, colheitadeiras, drenagem. Eu prossegui com meus botões: "E se a tara for a magnificência do sexo?".

E se for o contrário? E se for a arte? Grande coisa. Llosa/pai do Ceasa falava em transmissão de genes, biotecnologia...

A rigor — continuava lá com meus botões — é absolutamente grotesco querer fazer na literatura um Bretton Woods ou um Consenso de Washington com o intuito de ancorar a libido, lastrear a monogamia. Daí interrompi o pai do Ceasa pela última vez: "nem fudendo, nem fudendo".

Eu e Ceasa precisávamos de mais alguns minutos. O pai trancou o garoto no quarto. Cássio-Ceasa sabia que o arsenal de bombas dos russos podia fazer o mundo explodir trinta e oito vezes. Mas o que fazer com o pai dele?

O que fazer com a mãe da Ritinha? E se Ritinha não chegasse a tempo? O pai voltou do quarto aos gritos: "Cai fora! Rua!". Eu pedi um prazo e ele não cedeu. Saí de lá profundamente agradecido (não entendo...) e um bocado mais desajustado com minha infância. Então, o mundo explodiu trinta e oito vezes.

VIII

O Nome Disso

O NOME DISSO

Um bom sujeito, este Belo. Outro dia, conversando sobre arte!, eu e o Belo (chaveiro e gente boa: de artista não tem nada) chegamos a um termo segundo o qual "a arte precede o artista, vem antes da explosão". Ou como Belo mesmo poderia ter dito: "um dia neguinho acaba se ligando". Muito bem. Tirante essa baboseira, o que me interessa — e dá ensejo a um domínio tolo sobre a situação — é dizer que ele foi enganado, *conduzido*.

Isto é, eu precisava de alguém para concordar comigo. Eu precisava de um inquilino. Valorizei aos extremos suas gírias, cretinices e santidade para depois usá-lo como um fantoche. Tem gente que faz filosofia disso aí. Outros mais cabaços usam para fazer folclore. Tem sacana que faz publicidade, política. Eu fiz com o intuito de jogar o preço do aluguel lá pras nuvens. E levei sorte, confesso: de modo que consegui de tudo um pouco no varejo. Acontece que arrumei um amigo.

Belo tem um leão tatuado ao antebraço. Uma inteligência cheia de ginga e de sede lá no lugar onde nasce sua alminha brasileira. Só que não me convence, nem fudendo. Redenção pelo swing não dá. Se fosse o caso eu apelaria para "Orfeu da Conceição", escreveria barroquices nos jornais. E talvez negligenciasse de uma vez por todas meu "lorde Cigano" para me transformar efetivamente num débil mental. Mas não é o caso.

Eu julgo uma indignidade tomar vinho em copo de requeijão. Ouvir rap é canalhice. O que me diverte é saber que eu continuo o mesmo. Que meu preconceito prevalece. Que não tenho nada para aprender com o Belo. Que ele não tem nada para aprender comigo. O leão tatuado tem um caralho humano. Mitológico, o leão. Dá para encarar um Minotauro numa boa... ou o Curupira que, aparentemente, tem alguma coisa de gente e outra coisa de caipira... quem sabe?

Mas, por que um leão? de pau duro e gozando?

— Nasci em agosto — foi o que ele respondeu.

Taí. Belo acredita em horóscopo.

Aqui na ilha da Maconha todo mundo é carimbado. Todo mundo é débil mental. Tô a fim de "deixar rolar...", vou tatuar o Coelho Ricochete no meu antebraço. Um exercício de gratuidade, má-fé. É isso aí.

Belo evidentemente não é nenhum Neal Cassady. Ele tem apenas uma boa alma (o que não é pouco, droga!). O problema é que eu estou me cercando de cuidados para falar do Belo. Imagino que Neal "Moriarty" Cassady deve ter causado os mesmos constrangimentos em Kerouac. Mas Jack bem-intencionado abaixou a guarda e arrumou um lugarzinho todo especial pro seu macho lá nos quintos dos infernos. Eu é que não vou dar uma colher-de-chá dessas pro Belo. Em primeiro lugar porque não sou veado. E depois — e principalmente! — por alguns critérios e esquizofrenias tão caros às minhas iluminações e entraves que eu nem me importaria em chamá-los de implicâncias, a saber: boa alma não é o suficiente, talento é algo indispensável e Belo não tem o *mínimo*. Odeio Manoel de Barros. E, não bastassem as gírias e a capoeira, Belo prefere Martinho da

Vila a Zeca Pagodinho. Sinceramente desejo felicidades pro Belo.

E outros quinhentos reais de aluguel pela minha bela casa de praia com vista para o mar. A título de poupança, isto é. Antes de o fogo consumi-la... etc.

Tomamos vinho vagabundo em copo de requeijão. Estava tudo perfeito, beleza.

Não pensei nem um minuto sequer nas mulheres que me disseram NÃO. Belo discorreu sobre as virtudes dos meses de janeiro e fevereiro. Eu fiquei com as inhacas de setembro e de outubro. Aí apareceram uns caras estranhos e sentaram-se ao redor da nossa conversa. Eu disse que sim. Em seguida fiz um comentário a respeito da minha necessidade de conferir o distanciamento de Eliot em "The Waste Land" e também falei da curiosidade que a obra de Sherwood Anderson suscitava em mim. Belo disse que a rapaziada era da paz. Daí perguntei pro Belo se por acaso ele, "Belo, o estúpido", não gostaria de mudar o nome para Macedonio Fernández. Ele prometeu pensar no assunto e o vinho vagabundo em copo de requeijão passou de boca em boca. Tive a medida exata dos tolerantes e daqueles que sabem ouvir e compartilhar. Não me serviu para nada. Tive nojo do copo de requeijão, vontade de "vomitar um coelhinho" lá dentro e ódio que igualmente não me serviram para coisa nenhuma. Não reagi, tomei o vinho vagabundo. E consegui, dessa maneira, evitar a lembrança das malditas mulheres que me disseram NÃO.

E aí, malucada?

Rolou o baseado. A coisa empacou, todavia. Eu pensei: "Vou latir". E lati. A rapaziada latiu junto e dali, da laje de uma construção abandonada, fomos para a praia caçar siris. Tava eu, desancado e transcendente, nostálgico de qualquer coisa e canastrão; Belo e os irmãos Dunga e Dengoso e mais dois ou três gatos pingados; todo mundo, em suma, fodido e mal pago, latindo e procurando siris na praia. Até a hora que me encheu o saco. Um bunda mole que morria em mim. Outro bunda mole que nascia. Isso não quis dizer nada. Era só mais um bunda mole puxando fumo na praia. Um diálogo.

Antes do diálogo eu gostaria de dizer que o funk tá comendo solto no programa da Hebe Camargo. Gigil Vasconcellos e Ariano Suassuna deviam pôr suas barbinhas ibéricas de molho. Eu, particularmente, desejo que se fodam, todos eles. Sobretudo Hebe Camargo e Fernandinha Abreu. E depois eu só tenho uma coisa pra falar. Que é o seguinte: o folclore e os sons e as cores e a casa grande e a senzala e todas as nuances e reverberações dessa cultura miscigenada, antropofágica, carnavalesca, sebastianista, barroca, tropicalista e o diabo do PFL no poder, *nunca* me fizeram falta, nem sei pra que é que serve isso aí. As coisas teriam sido muito melhores se Hebe Camargo e Mário de Andrade jamais tivessem existido. I wager my testicles.

Antes do diálogo vou contar que me apaixonei por uma freak imaginária. Que gosto de mulheres imaginárias com senso de humor, inteligência e mamilos inchados. Ela queria saber o que eu fazia:

— Eu? Vou à praia. Costumo latir e caçar siris.

— Você é mágico?

— Quase, quase (Poxa!, garota bonitinha! Quer casar comigo?).

— Então...

— Eu manipulo almas (sei lá de onde tirei isso...).

— O demônio em forma de gente? — ela foi amável, pontual e seus mamilos quase explodiram na minha imaginação.

As ondas quebravam prateadas por conta da noite de

lua cheia. E duas ou três almas pingentes ainda se arrastavam sob o luar... etc. etc.

Isto é.

Não me interessa ser varado pela LUZ. Sobretudo não interessa a ninguém MINHA ILUMINAÇÃO. Eu só quero alugar minha bela casa de praia com vista para o mar e cair fora. Os irmãos Dunga e Dengoso se enrabavam na vazante. Acho que descobri por que são Sebastião é santo gay. A *coisa em si* não é humana. Ou seja, remete necessariamente a Caio Fernando Abreu. Caio precisava *urgentemente* ser canonizado. Ou virar pomba-gira, tanto faz. Ele e as tripas dele. É um caso típico em que os intestinos vão junto com a alma. Um caso, com o perdão do trocadilho, de "dobradinha" com são Sebastião traspassado.

Caio e Sebastião se prestam — isso é que me deixa inconformado — a iluminar meia dúzia de almas crédulas e esclarecidas — as piores, a meu ver*. Eu é que não vou iluminar o Belo com a luz da minha fogueira. Não sou santo, nem deslumbrado tipo Caio Fernando e são Sebastião. Genet é outro caso. O que me irrita nele é a direção inequívoca da santidade, diabolicamente traçada e levada aos extremos da má-fé e veadagem cristã. Genet é metido a redentor, e pega pesado: lava os pés e depois chupa o pau dos mendigos. Eu prefiro torcer pro MotoClube**. Quero sexo debaixo do chuveiro, jogar dominó. Viver uma vida me-

---

* Senão as mais perigosas. Quando a alma é crédula e esclarecida vai direto pro céu ou pro inferno. Sem escalas no McDonald's. Ou no purgatório, que é a mesmíssima coisa. Até aí beleza. O problema é usar a incandescência e a maldição alheia em benefício próprio. Eu repudio.

** O MotoClube é de São Luís do Maranhão, quem me deu a dica foi o Cau, meu irmão.

díocre, esperar pacientemente na fila da *rotisserie* pelo meu frango assado. Quero que se fodam.

E foi o que fiz. Deixei a malucada se fodendo na praia. Puxando fumo, virando sombra na areia, seqüenciazinha poética de filme marginal. Desconfio que foi um bom negócio. O próximo passo é atear fogo na minha bela casa de praia com vista para o mar. O que, em tese, é melhor do que cobrar aluguéis atrasados de um cara como o Belo. Ele não ia pagar mesmo. E, além disso, eu não tenho vocação para redimir os pecados e/ou fazer festinhas para os outros dentro do meu próprio, deliberado e insustentável inferno. O nome disso é literatura.

IX

Shepardianas

SHEPARDIANAS

De madrugada. Homem e mulher discutem na saída da boate. Ela puxa a camisa dele por trás:
— Quer me esperar? Será que você não tem educação?
— Você está com cheiro de cigarro.
— Não precisa falar de uma coisa para dizer outra. Eu conheço você. Não começa, tá?
— Passa a arma.
— O que você vai fazer?
— vamos, passa a arma.
Ela tem a arma na bolsa. É um jogo estabelecido entre os dois:
— Da última vez deu em merda, lembra?
— Não me interessa *o que você acha* que é merda.
— legal, legal... é *você* quem manda.
Ele descarrega o revólver, atirando para o alto.
— Você viu?
— O quê?
— Porra! Você não viu?
Ela tira um maço de cigarros da bolsa.
— Olha lá! Olha!
— Saco, não tô achando o isqueiro. O que foi?
— Você não tá vendo!?

— Achei! O que foi?

Ele aponta para o sul. Ela dá uma tragada e olha para o alto. Depois passa o cigarro para ele. Ele tem uma ereção. Ela diz que ele é um canalha. Ele prefere Marlboro e concorda que é um canalha, e diz para ela:

— Esquece.

X

Uma Dança. A Dança da Chuva.

UMA DANÇA. A DANÇA DA CHUVA.

Não é negligência. Ao invés de bater é melhor entregar-se a uma canção grega. Ou dançar pedindo chuva, tanto faz. Não é simples consentimento, antes é música. O que vale é a felicidade quase mediúnica, uma tremedeira veada, nada de porralouquice e engajamento, é coisa muito particular, e o que vale, principalmente, é escoucear com muita verve e de acordo com a necessidade da música.

Não é bater. Não é invisível: é um passo de dança guardar para si.

O que é só. Faz parte da música.

Um pra lá. Ou talvez não.

Um abraço demorado. Nem defender. Nem atacar. Quero Respirar Com As Estrelas. Dançar. Ou falar a verdade. Mas sem pai. Nem mãe. Eu nunca estive tão só. Nunca odiei tanto os chihuahuas. Não quero ser refém da poesia.

Me recuso!

Não vou medir as palavras. Também não quero xingar. Nem apego. Tampouco desapego. Ok. Estou travado, e agora? Não tenho qualificação graças a Deus. Às vezes esqueço completamente. Às vezes correspondo com negativas sublimes. Pois bem, e agora?

Assim é bom dançar. Assim não quero o céu.

Até aqui foi um bocado de sofrimento. Tive Que Olhar Para O Alto Para Não Ser Esmagado. Tem outras coisas.

Eu penso em misericórdia. Depois penso em marcas de uísque. É um desperdício não ser alcoólatra. Misericórdia, para quem?,

— não sei dançar, obrigado.

É muito fácil quebrar a cara. Poesia é outra coisa. Eu rejeito. Eu recuso... merda.

às vezes é melhor guardar para si. E dançar feito um canastrão, o que vale é o espírito do cinema, enfim. Vou fazer chover.

Antes, porém. Antes preciso conhecer Sêneca. Gostaria de entender — de uma vez por todas — a virulência de Paulo, o apóstolo. Tem o livro do apocalipse. As músicas de salão. Também tem a questão da distância entre o umbigo e a púbis. Eu chamo de questão Emanuella. Tenho que dar um jeito. Vou mandar as outras coisas para o inferno. Todavia continua valendo o espírito do cinema. Você conhece "Arizona Dream"?

Um braço para o alto. Cabeça sobre o ombro. Dois passos para trás, assim, duas doses a mais e o corpo, ou pelo menos o lado esquerdo, bêbado, sôfrego, ridículo, completamente livre do lado direito e, de repente, o coice!, com toda a força que me resta. Que lhe tomo.

Não é só música.

Imanência, estado de. Ou redundância, prefiro assim. Quem me conhece sabe que estou falando das minhas virtudes.

Ouça.

Eu tenho Um Cirquinho de Horrores. Tem coisas que não me lembro. Aqui vão algumas palavras: trôpego, mágico, premido. Um sonho.

O que mais?

Não tenho causas. Mas tenho Uma Canção Grega. Aliás, acho uma canalhice ter causas para defender. Ou ainda, não é a fraude que me consome. Mas o talento do fraudador em mim. Quero lhe fazer um filho. Quero mamar no seu peito.

Você vestida de dona de casa. Eu de Menipo, zombando dos mortos.

Não é troca, repito.

Antes é Uma Canção Grega. Ou a dança da chuva.

Este livro foi composto em Minion
pela Bracher & Malta, com
fotolitos do Bureau 34 e impresso
pela Bartira Gráfica e Editora em
papel Pólen Soft 80 g/m^2 da Cia.
Suzano de Papel e Celulose para a
Editora 34, em maio de 2006.